VIE ET MORT
DE MARCO PANTANI

DU MÊME AUTEUR

LE TOUR DE FRANCE INTIME, Calmann-Lévy, 1995.
LES REPORTERS, roman, Calmann-Lévy, 2000.
MERCKX INTIME, Prix du Sportel, Calmann-Lévy, 2002.

PHILIPPE BRUNEL

VIE ET MORT DE MARCO PANTANI

BERNARD GRASSET
PARIS

ISBN 978-2-246-67521-1

« Dans le fond, toutes les vies sont ratées. La vie est un chaos d'où l'on ne peut extraire que des fragments de vérité. »

Alberto MORAVIA

« Je veux que Rimini soit comme Hollywood, comme Nashville, un lieu de mon imaginaire, où l'on jette les rêves à la mer, où les gens se tuent à coups de pastilles, aiment et triomphent ou crèvent. »

Pier Vittorio TONDELLI

Avant-propos

Les derniers mois, même ses proches avaient perdu sa trace. Marco Pantani était devenu inaccessible. Il menait une existence dissolue, à double fond, dans l'irréparable oubli de Cristina Jonsson, sa fiancée danoise dont il était séparé, et le rejet conjoint de son milieu professionnel qui l'avait béatifié puis répudié sans préavis au Tour d'Italie sur la foi d'un contrôle sanguin hors norme, le 5 juin 1999 à Madonna di Campiglio. Cette date témoignait d'une rupture dans sa carrière et sa vie d'homme, si étroitement mêlées qu'il n'était plus tout à fait de ce monde quand on l'a retrouvé mort, dans son propre sang, le 14 février 2004, dans une chambre de la Résidence Le Rose de Rimini. Tué par une overdose de cocaïne et de déprime et par ce sentiment de honte et d'indignité dont il ne s'était jamais délivré. Il avait trente-quatre ans. Dans le flot des commentaires plus ou moins sommaires que ce drame engendra, il n'y eut pas grand monde pour le défendre. Ceux qui s'étaient montrés si prompts à louer sa grandeur quand il représentait une vraie force économique ne jugèrent pas utile d'assister à ses obsèques, que ce soit l'organisateur du Tour d'Italie Carmine Castellano, bloqué sur l'autoroute par un embouteillage providentiel, ou bien Hein Verbruggen, le président de l'UCI[1], qui négligera de justifier son absence, jugeant qu'elle parlait pour lui. Quant au patron du Tour de France, Jean-Marie Leblanc, qui l'avait remercié en 1998 d'avoir « sauvé » le Tour, un Tour calamiteux, moribond, souillé par la curée de l'affaire Festina, il s'était fait représenter. Cette mort ne les concernait plus. Elle brassait trop d'interdits, de choses inavouables.

D'ailleurs, la veille, le ministre italien des Communications, Maurizio Gasparri, avait moralisé les funérailles en déclarant que le défunt était tout sauf un exemple pour les jeunes. Il n'y eut donc pas de condoléances attristées, et sur son tertre funéraire, pas la moindre couronne mortuaire pour recouvrir les fleurs fanées de ses anciennes victoires, pas de salut, pas d'hommage solennel, si ce n'est plus tard, quelques vagues rappels de conscience ici et là à travers des commémorations tardives, création d'une stèle sur le Mortirolo, dépôt de gerbes, attribution d'un Prix Pantani au sommet de l'Alpe-d'Huez. Sans oublier cette statue de bronze à son

---

1. UCI : Union cycliste internationale.

effigie sur le front de mer de Cesenatico, que le président de la région refusera d'inaugurer. Les milliers de fidèles qui s'étaient agglutinés le long du Porto Canale devant l'église San Giacomo, à l'heure de ses funérailles, devaient se faire une raison : ils ne pleuraient pas un héros tragique mandaté par les dieux du cyclisme pour réveiller le mythe endormi du campionissimo Fausto Coppi mais un renégat, un proscrit déclassé par ses démêlés judiciaires, un pauvre Scarface de pacotille, méprisable, retombé dans sa folie comme le chien de Salomé retourne à ce qu'il a vomi. Je me suis souvent demandé en écrivant ce livre, ce qui me poussait à vouloir exhumer l'homme derrière le champion. L'envie de le réhabiliter bien sûr, de lui restituer sa mort puisqu'on lui a volé sa vie, peut-être, aussi, la nostalgie du possible, ce besoin d'être fidèle à ce qui ne sera pas mais aurait pu être une belle amitié entre nous, gâchée par sa disparition. Enfin, sûrement, cette solitude qui transparaissait dans son regard, le regard d'un homme traqué, habité par un mauvais présage. Ce regard me « parlait » comme il « parlait » à ses milliers de tifosi parce qu'au-delà des controverses et des malaises qu'il suscitait, il incarnait les craintes et les blessures qui nous oppressent. Entre le champion adulé, milliardaire, repu de gloire, et le mort de Rimini, gisant dans la défroque d'un vagabond, c'est toute la complexité d'une époque à la fois sublime et cruelle qui s'exerce sans pudeur, en nous rappelant ce que nous nous efforçons d'oublier : que la gloire, la réussite, vantées comme des valeurs absolues, ne prémunissent en rien contre la ruine et le désespoir. Comment expliquer sinon toutes ces débâcles, ces vies qui prennent la tangente, carrière et fortune faites ? La sortie de route d'Hugo Koblet en novembre 1964, après une dernière tentative de réconciliation ratée avec sa femme ; la disgrâce d'un Roger Rivière qui ne s'est jamais vraiment relevé de sa chute en 1960, dans la descente du Perjuret ; le mystérieux suicide de Luis Ocana, doutant qu'une autre vie fût possible pour lui, après le cyclisme. Comment ne pas s'interroger sur l'hibernation volontaire de Charly Gaul qui vécut dix ans en ermite au fin fond d'une forêt profuse du Luxembourg, sans eau, sans électricité avec la barbe en broussaille dans le reniement symptomatique et forcené de cet archange imberbe qu'il incarne pour toujours sur fond sépia au regard de l'histoire ? La plupart de ses grands prédécesseurs, Jacques Anquetil, Eddy Merckx, Laurent Fignon, Miguel Indurain se sont tous retrouvés un jour ou l'autre pris dans les mailles de l'antidopage, sans que cela revête un sens tragique. Mais, dans son cas, quelque chose s'était brisé. Il s'était senti humilié, criminalisé par le monde du cyclisme et par les juges qui finiront par l'absoudre sans pour autant réparer le mal déjà fait. De là son amertume, son goût de l'illicite, son attirance pour la marge, la transgression. De là son deal morbide avec la drogue qui agissait sur lui comme un anesthésiant. De là ce dédoublement proche de la schizophrénie avec deux Pantani, le personnage public encensé par les médias, vénéré par les foules, un champion mystique exalté par l'écho de sa propre renommée et dans son revers, un être frêle, égaré, provisoire, déchiré par une réalité qu'il ne maîtrisait plus. Là où Charly Gaul avait perçu l'appel de la forêt, Pantani s'est jeté dans le monde dilaté de la nuit, des discothèques, en oubliant qu'une autre faune plus redoutable l'y attendait. C'est à la recherche de cet homme, ce grimpeur patenté, hors norme, démuni face aux montagnes existentielles de la vie, que je suis parti, là où j'avais une chance, si infime soit-elle, de retrouver sa trace.

A Cesenatico, en Romagne où il vivait. Où tout a commencé.

A Madonna di Campiglio où tout s'est fissuré.

A Predappio, où il était resté six mois en instance. Dans l'antichambre de la mort.

A Rimini où tout s'est achevé.

J'ai tenté de le restituer dans ses engagements et ses contradictions contre ceux qui par calcul, intérêt ou ignorance, ont profané sa légende. Il m'a fallu remuer le mauvais terreau des souvenirs, gratter dans les marges, rallumer les braises mal éteintes des vieilles querelles sur le dopage, en prenant soin de ne pas trahir ceux qui acceptaient de me parler sous couvert de la confidentialité, sans jamais le parjurer, bien sûr, lui qui n'est plus là pour se défendre, objecter, nuancer. En même temps comment tout dire ? Comment raconter sa descente aux enfers, sa détresse, son agonie, sans froisser la pudeur de ses proches ? Sans prendre le risque aussi de se tromper ou d'écorner le mythe ?

La dernière fois qu'on s'était parlé, c'était au téléphone, à la fin du mois de novembre 2003. Trois mois avant le drame. On devait se retrouver dans un restaurant de Cervia tenu par l'un de ses amis, Franco Corsini. Il y avait ses habitudes, sa table réservée à l'année. Je n'ignorais déjà plus rien de ses déviances mais sans mesurer la force de son aliénation, l'emprise de cette toile d'araignée que ses dealers avaient déjà tissée autour de lui, bien qu'il n'habitât plus à Sala di Cesenatico, dans la villa qu'il partageait avec ses parents, mais temporairement à Predappio, à l'intérieur des terres, à cinquante kilomètres de là, chez Michel Mengozzi, une connaissance de longue date qui l'avait pris sous tutelle pour l'aider à se libérer de sa terrible dépendance. Son existence désormais s'entourait d'un grand flou. On le disait miné par sa carrière qui se délitait, déprimé par sa rupture conjugale avec Cristina qu'il tentait d'oublier dans les bras d'une prostituée russe et dans la cocaïne, et plus les mois passaient, moins nous comptions pour lui. Je réentends sa gêne à l'autre bout du fil : « Ne m'en veux pas, je ne vais pas pouvoir venir... » Rien de grave, j'espère ? » « Loin de là, non, un simple empêchement... » avait-il répondu avec une fausse désinvolture. Nous avions échangé quelques mots, petits mensonges insignifiants sur le revers des choses : « ... En tout cas, je vais mieux, et puis, ne t'inquiète pas, je te contacterai dès qu'il y aura du nouveau, je te le ferai savoir », avait-il ajouté, dans une rapide allusion à cette équipe fantomatique, au montage financier compliqué, sponsorisée par La Stayer que Manuela Ronchi, sa manager, s'entêtait à créer sur son nom, en dépit de son addiction à la cocaïne. « Vraiment, ne t'inquiète pas », avait-il répété comme s'il présupposait que j'avais des raisons d'être inquiet à son sujet. Par la suite quand je recevrais des nouvelles, ce serait chaque fois plus grave et préoccupant. Mais si je m'étais fait à l'idée que cette histoire finirait mal, jamais je n'aurais imaginé qu'elle s'achèverait au terme d'une errance déprimante, au cœur de cette contre-enquête que j'ai menée à travers tout un fatras d'informations et d'indices souvent discordants, porté par une intime conviction : Marco Pantani n'a pas choisi sa mort.

D'accord pour la solitude, la cocaïne, les barbituriques, les virées nocturnes et les putains.

D'accord pour toutes les débauches, dérivatifs à l'existence monacale du champion.

D'accord pour cet homme blessé, flétri, déshonoré, assoiffé d'infamie, qui cherche la honte et finit par la trouver.

D'accord sur tout. Mais pas sur cette mort-là. Simple question de style. De dignité.

Au journaliste de la *Repubblica*, Gianni Mura, qui lui demandait pourquoi il s'acharnait à grimper si vite les cols, il avait répondu : « Pour abréger mon agonie. » Ce n'était qu'une bravade, une phrase d'auteur, l'une de ces répliques cinglantes faites pour épater la galerie. Pas une fatalité. Rien qui permette de conclure qu'il ne pouvait mourir que comme ça dans la plus extrême des solitudes.

1

Rimini
Samedi 14 février 2004
Vingt-trois heures.

Le fourgon gris de la police glisse sans bruit, gyrophare éteint, dans les rues désertes de Rimini brassées par le vent aigre de l'hiver. C'est à peine si l'on entend les vibrations du moteur. Il longe des quartiers inertes, balayés par des courants de solitude, sans croiser un piéton puis s'engage sur le Viale Regina Elena où des corbeaux vrillent dans le frac soyeux de leurs ailes une chorégraphie hiératique et macabre entre deux rangées de platanes émondés. La ville est engourdie, blafarde. Morte, comme la saison. L'obscurité profonde à peine ébréchée par le halo vacillant des réverbères.

Le fourgon maintenant s'immobilise à la hauteur du 46, devant la Résidence Le Rose.

Cinq jours plus tôt, le lundi 9 février, peu après

midi, quand le taxi l'avait déposé à quelques pas de là, je ne sais si Pantani avait éprouvé, alors qu'il arpentait cette longue avenue en cherchant du regard l'adresse de son dealer, cette sensation glaciale de ne plus compter pour personne qu'on ressent au plus rude de l'hiver dans ces stations balnéaires de l'Adriatique. A quoi pouvait-il songer ? A Cristina, sa fiancée qui, de jour en jour, s'éloignait davantage ? A son père, son « babbo », avec lequel il s'était disputé dix jours plus tôt, à Milan, au domicile de Manuela Ronchi, sa manager, chez qui il s'était réfugié ? Avait-il conscience de s'égarer dans un monde sans repères, d'arriver au terme d'une course crépusculaire sans issue dont il ne sortirait pas vainqueur ?

Avait-il des pulsions de mort ?

Il venait de passer dix jours abrutissants, morbides, reclus dans un hôtel proche de la gare centrale de Milan. Il était pâle et portait un sac en bandoulière ainsi qu'un autre sac plastique, ballant contre sa jambe et rempli de médicaments, qui ajoutait à l'insolite de la situation et lui donnait l'apparence d'un quidam. Interrogé par les enquêteurs, le soir même, ce 14 février à minuit, le chauffeur de taxi, Mario di Bitonto, racontera que le réceptionniste de l'Hotel Jolly Touring de la Via Tarchetti à Milan l'avait contacté dès dix heures du matin pour savoir s'il voulait conduire l'un de leurs clients à Rimini. En le chargeant à bord de son taxi, il avait bien sûr reconnu Pantani, vêtu d'un blouson, d'un tee-shirt et d'une casquette de base-ball mais avait fait comme si de rien n'était de peur de l'importuner. « Pendant le voyage nous avons parlé de voitures, de Ferrari, de Porsche, de motos de collection, pas une fois de son métier », dira-t-il aux enquêteurs. Marco Pantani était « tranquille et plutôt bavard ». Il prétendait vouloir se rendre dans un hôtel de Rimini dont il avait oublié le nom. Quand le chauffeur de taxi lui avait proposé de se renseigner par téléphone, il avait refusé net, en objectant qu'il n'avait ni portable ni agenda téléphonique. De toute façon, il serait capable de le localiser facilement. Il leur suffirait de tourner un peu dans Rimini. Lors d'une rapide reconstitution, Mario Di Bitonto désignera l'endroit exact où il avait déposé son célèbre client, à une dizaine de minutes à pied de la Résidence Le Rose, non loin de la Piazzale Gondar devant un magasin de chaussures situé au 249 du Viale Regina Elena. Il ne pouvait pas se tromper. La vitrine débordait de bottes fluorescentes, cuissardes en similicuir aux formes extravagantes à talons aiguilles et semelles ultra-compensées à l'usage des cubistes, travestis et autres affairistes de la nuit. « Impossible d'oublier », avait souligné le chauffeur qui avait regardé Pantani s'éloigner sur le trottoir, et rapetisser dans son rétroviseur jusqu'à ce qu'il disparaisse comme il allait bientôt s'effacer de nos vies.

Une semaine plus tard, on le retrouverait mort.

*

Pour s'introduire dans la chambre fermée de l'intérieur, le concierge de garde, Pietro Buccellato, avait dû s'aider d'un passe et forcer la porte obstruée par des meubles, et comme personne ne répondait à ses appels, il s'était avancé dans la pièce, avait enjambé divers objets éparpillés sur le sol, des chaises, un matelas puis il avait gravi l'escalier en bois jusqu'à la mezzanine et c'est là, dans le reflet inversé d'un miroir de la penderie, qu'il avait aperçu le corps inerte de Marco Pantani étendu de tout son long, dans un espace à ce point exigu, entre le pied du lit et le mur, qu'il semblait improbable qu'il ne se soit pas éclaté la tête en tombant. Le cadavre était torse nu, vêtu d'un jean et d'un boxer roulé haut sur sa taille comme si quelqu'un le lui avait enfilé précipitamment. La *rigor mortis* s'était déjà installée. Des lividités, rouge violacé, entachaient le haut du dos jusqu'à la base du cou. Dans son agonie, il avait dû ramasser son bras gauche sous sa poitrine dans un geste d'appréhension laissant à penser qu'il avait cherché à se débattre ou à ramper. Ses jambes étaient tendues, contractées, ses pieds croisés l'un sur l'autre dans une posture anormale, et sa joue gauche baignait dans une flaque de sang épaisse, noire et visqueuse où macéraient, dans un contraste de couleur et de matière saisissant, deux petites boules gazeuses incolores, des sortes de grumeaux, pour le plus gros « de la dimension d'une noix », dira le légiste, toutes deux posées là comme des natures mortes parfaitement identifiables. En apparence du simple coton, ou de la mie de pain mêlée à ce qui semblait être de la cocaïne. Selon les enquêteurs, un composé solide de salive et de cocaïne qu'il « devait sucer » et qu'il avait à moitié dégluti et recraché en tombant. Quand la brigade mobile de Rimini s'était présentée sur les lieux, cela faisait une bonne heure que Pietro Buccellato avait découvert le corps. Deux policiers de la patrouille volante les avaient précédés sur place mais leur passage, bizarrement, ne sera jamais notifié par un procès-verbal. Il était vingt et une heures vingt quand la doctoresse Marisa Nicolini du « 118 Rimini Soccorso » avait tenté de le ranimer par acquit de conscience, avant de signer le certificat de décès. Compte tenu de l'humidité ambiante, de la température, vingt-sept degrés, et de la rigidité cadavérique, très avancée, elle situa la mort entre quatorze et dix-sept heures.

*

Ce même soir
A vingt-deux heures trente-neuf...

Sur le plateau de « Sport Due Sera », la grande messe cathodique des passionnés du calcio, les deux animateurs de la Rai, Paolo Paganini et Marco Civoli, se tiennent prêts. Dans moins de cinq minutes, ils seront à l'antenne. Comme chaque semaine, selon un rite bien huilé, ils répètent mentalement le déroulé de l'émission, l'ordre d'apparition des intervenants, des journalistes, dirigeants, experts en joutes footballistiques venus analyser au ralenti les principales phases de jeu de la précédente journée du scudetto. D'un œil, Paganini surveille le moniteur, de l'autre l'écran de son ordinateur branché sur l'Ansa, l'agence de presse italienne, qui débite les dernières dépêches quand un clignotant rouge attire son attention : 22 h 42. Le « flash » qui s'imprime sous ses yeux tient en une phrase. « Marco Pantani est mort. » Quatre mots d'une cruelle concision qu'il lit et relit, incrédule, comme s'il avait sauté un passage. Quelques secondes après, un autre flash tombe, plus précis : « Marco Pantani a été retrouvé mort ce soir, dans une résidence de Rimini. » Paganini répercute l'information sur le plateau. Civoli, qui s'apprêtait à lancer l'émission par une évocation de la Juve, est contraint d'improviser. « Avant de parler de calcio, je dois vous donner une nouvelle, elle vient de nous parvenir… ». « … selon une dépêche de l'Ansa, enchaîne Paganini d'une voix blanche, Marco Pantani serait mort ». La nouvelle percute de plein fouet les deux millions de téléspectateurs qui suivent l'émission chaque semaine. Les deux animateurs sont atterrés. Un appel téléphonique de Davide Cassani les aide à meubler l'antenne. Cassani connaît bien Pantani. Il a couru à ses côtés, au début des années 90 sous le maillot de la Carrera et travaillé comme manager au sein de l'équipe Mercatone où il avait assumé le rôle de manager avant d'accepter, en 1997, un rôle de consultant à la Rai aux côtés d'Auro Bulbarelli. En apprenant la nouvelle, à son domicile de Solarolo, Davide Cassani s'était mis à sangloter. Il avait alors tiré d'une armoire un vieux maillot que lui avait offert Pantani en signe de gratitude et qu'il s'était surpris à enfiler. Puis, la première émotion passée, il avait appelé la Rai pour évoquer le « Pirate », « l'homme du Mortirolo » dont on disait qu'il avait des problèmes d'addiction à la cocaïne. Un bref dialogue s'était engagé sur l'antenne. Civoli : « Quand lui avez-vous parlé pour la dernière fois ? » Cassani : C'était il y a un mois, mais… — … mais ? — Ce n'était déjà plus Pantani. — Vous voulez dire plus le même homme ? — Oui un autre… » Dans les minutes qui vont suivre, des milliers de gens décrocheront leur téléphone et l'abjection de cette mort viendra, par ricochet, bouleverser un pays saisi d'effroi, et meurtrir tous ses proches : sa manager Manuela Ronchi qui regardait un film de science-fiction auprès de son mari dans son duplex milanais quand son frère l'avait averti ; les parents du champion que Manuela Ronchi s'empressa de contacter en Grèce sur un lieu de villégiature où ils cherchaient à oublier momentanément les déboires de leur fils ; sa sœur Manola Pantani, qui préparait en cuisine le quatorzième anniversaire de son fils Denys, neveu de Marco, tout en surveillant les treize enfants qu'elle hébergeait pour l'occasion ; son ex-fiancée Cristina Jonsson, installée à Lausanne où elle avait repris ses études aux beaux-arts, au plus loin de la Romagne, après avoir vécu plus de six ans aux côtés du champion dont elle était séparée, et sans nouvelles depuis deux mois. A Cesenatico l'ancien attaché de presse de la Mercatone, ami d'enfance de Pantani, Andrea Agostini, dînait en famille quand un journaliste de Tuttosport, Beppe Conti, l'avait joint par téléphone afin qu'il lui confirme l'information : « De quoi tu parles ? — Comment ça, de quoi je parle, t'es pas au courant ? C'est sur toutes les radios, les télés… Marco serait mort… — Mort ?… (un long silence) Ce n'est pas la première fois… c'est sans doute une erreur. — Peut-être mais là ça paraît sérieux, il y a une dépêche de l'Ansa… (Andrea, voix nouée, pressé de raccrocher) — Laisse-moi vérifier, je te rappelle… » Mais Agostini vient à peine de fermer son portable qu'il peut voir en incrustation, sur sa télévision, un plan fixe de Marco Pantani avec en surimpression une petite musique qu'il connaît bien, la voix juvénile d'Auro Bulbarelli le commentateur vedette de la Rai, qui avance à l'improviste, dans l'ignorance des faits, quelques prudentes explications. « ... on savait qu'il n'allait plus très bien... il semble qu'il avait des problèmes de toxicomanie, des fréquentations douteuses... Ce qui est arrivé n'est rien d'autre que la confirmation de ce qu'on pressentait... »

Quand la nouvelle avait envahi les ondes, la plupart des journalistes de Rai-Sport avaient déjà regagné leurs foyers. L'un d'eux, Mimmo Fusco, joint par téléphone en pleine séance de cinéma, était revenu au siège, de toute urgence, y collecter cette mosaïque d'images que le réalisateur de Sport Due Sera, à défaut d'autre chose, diffusera en boucle tout au long de l'émission, une sorte de clip hagiographique transposant le champion dans sa légende. Dans un premier plan-séquence, on le voit ébrécher le règne d'Indurain dans le Mortirolo, c'était en juin 1994, à ses débuts professionnels, le style est déjà là, sa cadence de pédalage infernale ; l'année suivante, premier coup dur qu'il encaisse avec une certaine philosophie : allongé sur un lit d'hôpital après sa terrible chute dans Milan-Turin, il sourit tout en exhibant sa jambe gauche cerclée par des broches orthopédiques ; dans le plan suivant, la caméra le capture une fois encore en pleine détresse, le cuissard déchiré, courbé sur son vélo au beau milieu d'une route fraîchement asphaltée tandis qu'au loin le peloton s'éloigne. C'était en 1997. Un chat l'avait renversé dans la montée de la Chiunzi, le Giro était fini pour lui. Vient ensuite un moment élégiaque, de pure magie : par un effet troublant de perspective, il paraît surgir de l'asphalte, renaître de cette route de montagne à Courchevel qu'il a gravie deux minutes plus vite que Lance Armstrong. Sur la ligne, un rictus satanique lui déforme les lèvres et c'est à peine s'il lève les bras en signe de victoire. Cette année-là, curieusement, le maillot de la Mercatone était rose, de ce rose éminemment symbolique qui désigne au-delà des Alpes le leader du Tour d'Italie qu'il avait remporté deux ans auparavant, au terme d'une quête assidue. « … à Courchevel, on croyait l'avoir retrouvé… » poursuit Bulbarelli qui s'applique à coller aux séquences qui défilent sur l'écran. « … son échappée avait battu tous les records d'audience, plus de sept millions de téléspectateurs. Sept millions ! Un record historique pour la Rai pour une étape du Tour de France et puis, et puis… »

A Rimini, dans la ville endormie, d'autres interventions téléphoniques, d'autres allées et venues viendront troubler la quiétude dominicale du juge Paolo Gengarelli, d'astreinte ce jour-là, et des cinq policiers de la brigade mobile affectés à l'enquête. La mort de Pantani saisira d'angoisse ses dealers. Le jeune ouvrier Ciro Veneruso, trente et un ans, qui lui avait livré trente grammes de cocaïne le lundi 9 février à la Résidence Le Rose pour le compte d'un commanditaire, Fabio Miradossa, un dealer de vingt-neuf ans, sans travail, parti se réfugier à Naples où les enquêteurs l'arrêteront plus tard, en possession de cocaïne. Comprenant qu'ils auraient à répondre de leurs actes, les deux hommes avaient aussitôt pris conseil auprès d'un avocat, après avoir fait concorder leur version avec Elena Korovina, la dernière compagne occasionnelle du champion romagnol. La jeune femme qui se trouvait à Rome au bras d'un homme d'affaires leur était apparue très calme et peu affectée par le drame. « Avec Marco, on était ensemble pour le sexe, dira-t-elle aux enquêteurs mais il n'avait franchement pas besoin de moi pour se procurer de la cocaïne. » Comme Veneruso et Miradossa, elle avait déconnecté son téléphone, précaution qui s'avéra inutile car un troisième homme, Fabio Carlino, proche de Miradossa s'était présenté spontanément à la police, sachant qu'il se retrouverait fatalement impliqué dans cette affaire par le truchement de ses listings téléphoniques faciles à décoder. Peu avant minuit, Michel Mengozzi et Franco Corsini, deux amis proches de Pantani, étaient venus se poster devant la Résidence Le Rose. Dans la foule des curieux, toujours plus dense, ils avaient certainement croisé un homme « de forte corpulence », « très élégant », « connu des milieux de la pègre » dont la police diffusera discrètement le signalement. Sans résultat.

Sur le rivage ligurien où séjournaient les groupes sportifs italiens à la veille du Trophée Laigueglia – épreuve d'ouverture de la saison cycliste – la joie des retrouvailles avait cédé la place au chagrin. De nombreux coureurs s'étaient rassemblés sur le pas de porte de leur hôtel, plusieurs d'entre eux pleuraient et refusaient d'admettre la sinistre vérité. (« Des fois je pense encore que ça n'est pas vrai, et d'autres fois, que c'est arrivé il y a cinquante ans », dit encore Giuseppe Martinelli, l'ancien directeur sportif de la Mercatone.) Ils avaient tous appris le drame dans Sport Due Sera et suivi les premiers flashes d'actualité. Ils avaient vu les ambulanciers pénétrer sans hâte dans la Résidence Le Rose et en ressortir quelques minutes plus tard, avec un brancard qui laissait deviner la dépouille informe et misérable de Pantani, dissimulé dans une housse de plastique blanche, une succession d'images monochromes, délavées par la nuit et la réfraction des réverbères. Un cauchemar qui les renvoyait au spectre du dopage et à leurs propres déséquilibres, ou, pour plagier Truman Capote, aux « sources froides de la peur individuelle ».

*

Il est tard, minuit passé, je marche seul dans Rimini, mes pas dans les siens, avec le sentiment de m'enfoncer dans un monde irréel et opaque. Sur le Viale Regina Elena, enveloppé dans une lumière blafarde, les commerces ont baissé leurs rideaux comme les hôtels et pensions de famille dont les enseignes – Pensione Elvira, Pension Iris, Pension Dora – sont recouvertes d'une mention « chiusura invernale [1] ». Pas un piéton. Rien. De temps à autre une voiture me dépasse et disparaît, engloutie par la nuit. S'il n'y avait cette odeur de résine et de pin mouillé, on ne devinerait jamais la présence rassurante de la mer pourtant si proche. Grâce aux relevés des Viacard – cartes magnétiques – de l'autoroute, les policiers avaient reconstitué son emploi du temps, à la minute près. Il était à peu près treize heures vingt-cinq, lundi 9 février, quand le taxi avait débouché là, sur le front de mer. La Mercedes noire 270 C avait traversé à faible allure la Piazzale Gondar alors qu'il cherchait à se repérer, le front collé sur la vitre de sa portière. « Je ne me rappelle plus le nom de l'hôtel, ça va me revenir », avait-il bredouillé à l'intention du chauffeur. Puis il avait ajouté : « Je dois y retrouver des amis. » Il

1. « Fermé pour l'hiver ».

mentait, quand rien ne l'y obligeait mais cherchait à se donner une contenance. Courir derrière un dealer lui apparaissait, pour l'homme d'action qu'il était, une occupation avilissante et méprisable qui lui inspirait du dégoût : une vague répulsion pour lui-même. A la hauteur du poste à essence Q8, il avait demandé au taxi de ralentir l'allure et de faire demi-tour, la Mercedes avait alors amorcé un large virage en direction du Lungomare avant de s'engager sur le Viale Regina Elena.

« Laissez-moi là, avait-il demandé soudainement, je vais marcher un peu. »

Il avait ramassé ses deux sacs sur la banquette arrière, en avait attaché un autour de sa taille puis s'était acquitté du prix de la course en liquide, 680 euros, somme forfaitaire, exorbitante, sur laquelle ils s'étaient accordés à Milan. Il était près de quatorze heures. La lumière du jour se résorbait dans un ciel clair. Devant lui, le Viale était vide et s'étirait sur un bon kilomètre. Il s'avança au milieu des ombres, la sienne s'allongeant sous ses pas au diapason de ses angoisses. Sans doute ignorait-il qu'il approchait du terminus, que ces quelques pas sur ce boulevard marquaient la fin d'une dérive, et qu'il n'y aurait pas d'autre étape.

*

Vie et mort de Marco Pantani

Samedi 14 février 2004
Vingt-trois heures
Chambre D5, Résidence Le Rose.

Le médecin légiste de garde, Francesco Toni, la cinquantaine, cheveux bruns clairsemés sur le crâne, lunettes à fines montures, chemise claire à carreaux, léger embonpoint, entreprend la reconnaissance cadavérique. Sur le film vidéo de la police, on le voit dénouer un sac plastique que le défunt tenait soigneusement rangé sur une étagère, à la tête de son lit, auprès d'un sweat-shirt gris mastic. Le time code marque 23. 00. 22. Vingt-trois heures vingt-deux secondes. La caméra fouille l'espace, les murs, le dosseret du lit, s'attarde sur de la poussière blanche, de cocaïne, qui affleure sur la page glacée d'un dépliant de l'hôtel, puis sur des traces suspectes à même le drap. Dans un lent panoramique hiératique, elle découvre les rideaux en toile bleue sagement tirés, balaie une socquette sale qui traîne sur le lit puis revient en arrière et se focalise sur les gestes précis, méticuleux, du médecin légiste qui du bout de ses doigts gantés déverse le contenu du sac. Des boîtes d'antidépresseurs, du Tranquirit, du Surmontil, de l'Efexor, du Control, du Flunox. « Rien que des tranquillisants, de ceux qui font dormir mais pas mourir », lâche-t-il dans un léger murmure. Une posologie que le champion observait scrupuleusement. On le sait parce que, six jours auparavant, sa manager Manuela Ronchi les avait déposés, à sa demande, à la réception de l'Hotel Jolly Touring de Milan où, durant son séjour, il avait donné cinq euros de pourboire à l'un des grooms de l'hôtel, Baanoune Abdelaziz A. afin qu'il aille lui procurer d'autres boîtes du même type, dans une pharmacie proche de la gare. Face à la caméra, le légiste s'applique à cataloguer le nom des médicaments sous le regard d'un carabinier et d'un photographe de l'identification, boudiné dans une combinaison stérile. Sur la bande-son, l'un d'eux cherche à savoir si la fenêtre était ouverte ou fermée. « Ils l'ont ouverte pour la défibrillation », tonne une autre voix, qui s'élève du rez-de-chaussée. « Quand on est entrés dans la pièce, notez-le c'est important, la fenêtre était fermée, les stores baissés », précise à son tour le docteur Toni à l'intention de l'officier de police qui le filme pour les besoins de l'instruction. « Vous avez bien noté ? » répète-t-il afin d'être bien compris. « Les stores étaient fermés. C'est nous qui les avons remontés en entrant dans la pièce. » C'est l'un des premiers éléments de l'enquête : le défunt vivait apparemment reclus dans sa chambre, stores et rideaux tirés, porte entravée par deux meubles dont la désignation variera d'un témoignage à l'autre. Le concierge Pietro Buccellato parlera d'une « commode », le propriétaire de la Résidence Sandro De Luigi

« d'une télévision et d'un four à micro-ondes », la femme de chambre d'une « table posée de travers ». Trois ans plus tard, au procès de Fabio Carlino, Buccellato changera sa version pour évoquer « un meuble servant à pendre des vêtements ». Contradictions d'autant plus extravagantes qu'il s'agit de trois témoins clés, dont on ne sait s'ils furent les seuls à s'être aventurés dans le périmètre du drame avant l'arrivée des policiers. Quelques jours plus tard, un(e) employé(e) de la Résidence Le Rose avait en effet tenté de vendre des photos du corps et de l'appartement D5 à différents hebdomadaires (qui les avaient refusées), ce qui tendait à prouver que des intrus avaient pu se glisser dans la chambre du défunt au risque d'altérer des preuves essentielles au déroulement préliminaire de l'enquête.

*

Lundi 9 février
Quatorze heures trente.

Marco Pantani a identifié sur le Viale Regina Elena l'immeuble où réside Fabio Miradossa, son dealer, qui lui avait promis par téléphone de le fournir en cocaïne ce lundi 9 à Rimini. Miradossa partage temporairement l'appartement de Fabio Carlino, propriétaire de l'Angel's Agency, une agence de modèles et d'hôtesses en tout genre recrutées par les discothèques de la Riviera romagnole. Mais la voix qui vibre dans l'interphone ne lui est pas familière. Ce n'est pas celle qu'il espérait entendre mais celle de G. Rossano, un jeune colocataire, étudiant en économie, provisoirement installé dans l'appartement de Carlino.

— Miradossa n'est pas là, lui dit-il, il a dû s'absenter.

— Pour longtemps ?

— Il est parti pour Naples à l'improviste, il sera de retour dans quelques jours.

Pantani suggère à son interlocuteur d'appeler Miradossa : ce dernier s'exécute. Selon les relevés téléphoniques la conversation va durer 50 secondes. Effrayé par Tonina, la mère du champion – qui l'a verbalement menacé de le dénoncer à la police –, Miradossa refuse de parler à Pantani et demande à Rossano de le renvoyer sans lui donner d'explication. Rossano est embarrassé. Pantani le met à l'aise. « Dis-lui simplement que j'ai des choses à faire à Rimini et que je l'y attends dans un hôtel. » Il s'était alors dirigé vers l'enseigne lumineuse de la Résidence Le Rose qui se dressait sur le trottoir d'en face.

*

Il était près de vingt-deux heures quand le substitut du procureur Paolo Gengarelli avait garé sa voiture devant la Résidence Le Rose parmi d'autres voitures de la police scientifique déjà sur place. Trois policiers de faction faisaient les cent pas dans le hall d'entrée, éclairé aux néons. Le vice-commissaire Giuseppe Lancini s'était chargé de l'accompagner par l'ascenseur, jusqu'à la chambre D5 où le magistrat marquera un léger pas de recul. Ce qu'il voit le sidère : ce n'est pas une chambre qui s'ouvre devant lui mais le champ dévasté d'une lutte imaginaire. Giuseppe Fortuni, en charge de l'autopsie, dira plus tard avoir eu le sentiment « de déambuler dans un film de Schwarzenegger ». Dans le salon du rez-de-chaussée, les chaises sont renversées, les appareils ménagers, la télévision, le frigidaire couchés sur le sol près d'un matelas dégagé de sa housse (« éventré, vidé de sa laine », ajoutera Fortuni). Dans la salle d'eau les meubles et garnitures de bois encadrant le lavabo et les w.c. ont été arrachés, l'appareil à air conditionné partiellement démonté. Un drap blanc pendouille – en signe de reddition ? – serré par un nœud coulant, à l'un des montants de l'escalier de la mezzanine. Le câble de raccordement de la télévision est resté lié à l'un des autres montants. Au milieu de ce que le juge décrira comme un « chaos indescriptible », les deux chaussures du défunt sont restées sagement posées l'une à côté de l'autre. Dans ce fatras, les enquêteurs avaient retrouvé sur une feuille à en-tête de la Résidence quelques lignes d'une calligraphie parfaite et sans rature, rédigées de sa main, diront-ils, sans qu'aucun examen graphologique ne l'atteste. Pantani y parle de « coïncidences salines » et d'une étrange alchimie (« On met en relation le phosphore avec le potassium, lymphe, chlorophylle de sang, tout passe avec la mer »). Plus qu'une pensée formelle, un long soliloque, probable adaptation de cette liturgie cubaine dans laquelle il était allé chercher la clé de ses tourments, deux mois auparavant, lors d'un court séjour à La Havane. Hormis cette lettre, et d'autres écrits, abandonnés sur des feuilles volantes, sur la page de garde d'une biographie du Che, sur une brochure de l'Eglise de scientologie – avec laquelle on ne lui connaissait aucun lien – peu d'indices confondants, pas d'alcool ni de cigarettes mais de la poussière de cocaïne « en doses peu significatives », avec un principe actif à 75 %, détail précieux – susceptible de confondre une filière – que les enquêteurs cacheront aux journalistes. Selon les premières constatations, le défunt s'était enfermé dans une sorte de huis clos introspectif et fatal, hormis une courte sortie d'une vingtaine de minutes, le lundi 9 février, suivie par la visite éclair d'un jeune dealer, Ciro Veneruso. Pendant son séjour, il s'était fait livrer la plupart de ses repas, le dernier composé d'une omelette et d'un jus de fruit. C'est Oliver Laghi, le patron du Rimini Key, un restaurant voisin lié par convention à la Résidence Le Rose, qui s'était chargé de le lui monter. Les autres jours, il avait mangé des pâtes et des pizzas, bu du Coca-Cola, selon les enquêteurs, ni caviar, ni champagne, rien de dispendieux qui puisse expliquer la disparition des 12000 euros – amputés des 680 euros de la commission du taxi – qu'il portait sur lui le jour de son arrivée. Pour le juge, cela induisait que Pantani avait dilapidé tout son argent dans l'achat de cocaïne, prise de façon compulsive au point de la manger.

L'inventaire de ses effets personnels se résumait à peu de chose.

Un petit papier blanc sur lequel il avait griffonné les téléphones de Ciro et de Tramezzino – un tifosi – ainsi que le nom de la Résidence Le Rose.

Une facture de 1969,15 euros qui attestait de sa présence au Jolly Touring Hotel de Milan, du 31 janvier au 9 février 2004.

Une carte de crédit, 70 euros en billets neufs, un chéquier, quelques billets usagés, une deuxième carte de crédit coupée en deux pour trancher la cocaïne.

Trois autres factures pas même froissées, à l'en-tête du Bar Restaurant Don Giovanni.

Les clés d'une de ses anciennes voitures (une Mercedes, laissée en gage au frère de son manager), un crayon Ikea, deux sweat-shirts, un agenda avec Mickey en couverture.

La lettre à la fois tendre et comminatoire que

Manuela Ronchi lui avait fait transmettre au Jolly Touring Hotel de Milan, par laquelle elle le conjurait de se faire soigner.

Deux certificats médicaux à l'en-tête du docteur Giovanni Greco.

Le reçu fiscal pour 54,73 euros de la pharmacie Comotti de Milan relative à l'achat de médicaments, le 5 février, par un groom du Jolly Touring Hotel.

Son permis de conduire.

Une bande dessinée *Diabolik.*

Un billet de visite noir de l'Angel's Agency, l'agence de modèles gérée par Fabio Carlino. Au revers de ce billet, Pantani avait noté deux numéros de téléphone avec les noms de Fabio et Pucci.

Quoi d'autre encore ?

La photo de son ami Jader del Vecchio avec lequel il avait enregistré une maquette de CD. Le 9 octobre 2003, Jader était mort au volant de son fourgon, à trente-neuf ans, sur la route provinciale de Pisagnano.

Ce jour-là, Pantani devait l'accompagner dans une sortie en mer.

*

Avec sa façade de ciment verdâtre, ses allées couvertes de gravier, avec ses plates-bandes fleuries, son bar désespérément vide et sa réception éclairée au néon, la Résidence Le Rose respirait le clinquant et l'amour tarifé mais Pantani ne ressentait plus rien, ni la fatigue, ni l'ennui et n'aspirait qu'à prendre une chambre et attendre. C'était devenu une constante. Un leitmotiv. Certains jours, il n'avait plus la force de faire autre chose que décrocher son téléphone, composer un numéro, prononcer quelques mots dans un langage codé et attendre que son dealer le rejoigne après avoir abusé, joué de l'attente, parce que l'attente crée le lien, l'accoutumance, la sujétion du client.

Pendant que la réceptionniste – prénommée Silvia, fille du propriétaire – enregistrait son passeport, Pantani ramassa un dépliant de l'hôtel sur le comptoir et le parcourut en diagonale. « La Résidence Le Rose offre le meilleur service sans obligation d'horaires, avec un maximum de libertés » disait le dépliant. « Pour une nuit ? » La réceptionniste, jeune femme aux cheveux châtain clair, le gratifiait d'un joli sourire. « Pour une nuit la chambre ? — Pour une nuit, oui... »

Il récupéra son passeport et précisa qu'il n'avait ni voiture, ni bagage. « La D5, cinquième étage, l'ascenseur est là, sur votre droite. » Il prit les clés sans se préoccuper des commodités et agréments de la chambre qu'elle lui avait attribuée. Et qui deviendrait son tombeau. On s'est beaucoup interrogé, par la suite, sur le choix de cette Résidence sans âme et sans confort. Pantani aurait pu s'il l'avait désiré, s'installer au Grand Hôtel ou dans l'un de ces établissements de grand standing avec piscine, jacuzzi, service en chambre et vue panoramique sur la mer. Pour certains de ses proches, c'est là dans cette Résidence qu'il avait passé sa première nuit d'amour avec Cristina, ce qui expliquait qu'il s'y soit donné la mort le jour de la Saint-Valentin. (« Marco ne faisait jamais rien gratuitement, en mourant là, j'en suis sûr, il a voulu nous délivrer un tout dernier message », me fit remarquer l'un d'eux). Interprétation romanesque, arrangeante, démentie par le propriétaire Sandro De Luigi, qui affirmera sous serment n'avoir « jamais vu Pantani auparavant ». S'il avait choisi cette Résidence, c'était pour une raison d'ordre stratégique, parce qu'elle faisait face au domicile de son dealer. A son retour de Naples, Miradossa pourrait le contacter sans délai. Mais, ce qui surprenait, ce n'était pas le fait qu'il ait choisi de séjourner dans ce modeste hôtel à 50 euros la nuit, à vingt kilomètres de son domicile de Sala di Cesenatico, c'était qu'un homme de cette notoriété et de cette envergure, au centre d'un débat de société récurrent sur les poisons du sport-spectacle, que cet homme harcelé par la justice de son pays, ait pu mourir clandestinement, à trente-quatre ans, comme un vulgaire junkie, à l'insu de ses proches, de ses voisins, d'un monde avide d'informations, qui s'appliquait à le traquer autant qu'à le protéger. Il suffit de relire la presse : il ne se passait pas un jour sans que son nom ne soit cité dans un journal, à la télévision, dans un compte rendu d'audience.

Sa mort, je le sens, était l'affaire de tous.

De ses parents qui l'avaient quitté à Milan, dix jours plus tôt, au bord du déchirement.

De sa sœur, Manola, la seule qui osera interpeller publiquement les jeunes sur les dangers de la cocaïne (« La drogue ne t'aide pas, elle ne résout pas tes problèmes. La drogue tue », leur dira-t-elle).

L'affaire de sa manager qui l'avait maintenu en activité, en dépit de ses graves problèmes d'addiction.

L'affaire, bien sûr, de la police locale qui fermait les yeux sur ses déviances et sur le commerce de la drogue en nette expansion.

L'affaire, enfin, de ceux qui n'ignoraient rien de ses mauvaises fréquentations, de son goût de la dévastation. Ceux-là savaient qu'il s'était engagé dans une impasse et qu'à terme il paierait cette vie d'excès qu'il menait sans tabou, délibérément de Riccione à Milano Maritima, sur ce long Sunset Boulevard aux néons clinquants où il était devenu une proie facile pour toute une faction de la voyoucratie locale, des armées de dealers, de types sans scrupules, cloportes parmi la foule. Vous en écrasez un du pied, un autre prend aussitôt sa place, sans autre projet que d'aller flamber l'argent gagné sans peine sur le dos d'un client. (« On leur aurait dit, à tous ces dealers, qu'il était en train de mourir, ils lui auraient mis la main sur le cœur pour lui voler… son portefeuille et se payer du manque à gagner », avait ironisé l'un de mes confrères.) Cruelle réalité derrière les apparences.

Pantani n'était pas mort là par hasard, au gré de circonstances arbitraires.

Son décès trouvait sa matrice dans les entrailles de Rimini, ville labyrinthe, intrigante et multiple.

Avec la Rimini « Liberty », désuète, du Grand Hôtel qui accueillait jadis sur sa terrasse des fêtes baroques à la Ziegfeld et sa réplique en Celluloïd, la Rimini fantasmée de *8 et demi*, et des Vitelloni, des fins de soirée d'hiver cafardeuses.

Et puis, la Mecque du tourisme de masse, la Rimini assourdissante, exténuante des pensions de famille, des pédalos, des golfs miniatures, des cyclo-pousse et des vendeurs ambulants de gelati avec, côté plage, la longue cohorte des cabines pastel surmontées d'un matricule – Bagno 61, Village 60, Tiepida Spiaggia 62 – et, de l'autre, la faune épuisante des noctambules qui se tuent à coups de pastilles. C'est la Rimini des portiers de nuit, des raves-parties sur la plage, des prostituées de haut vol et des toxicomanes dont Tondelli écrit qu'ils sont attirés par la Riviera, ses nuits prospères et ses néons « comme des taons affolés par l'odeur du sang ». En principe deux mondes contrastés, parallèles, qui ne se chevauchent jamais mais cohabitent et s'agglomèrent dans une promiscuité douteuse. Et, au milieu de ces deux mondes, Marco Pantani, à l'image de Rimini, double et complexe.

Doublement complexe.

*

Quand Francesco Toni l'a retourné sur le dos, les deux bras sont restés contractés, crispés dans une raideur obscène. Pantani portait une gourmette en or au poignet droit, à l'autre poignet sa montre-bracelet, au mécanisme intact mais dont les aiguilles s'étaient immobilisées à seize heures cinquante-cinq sans qu'on puisse en expliquer la raison. Son visage était entaillé sur le front, sous l'arcade sourcilière gauche et tuméfié sur l'arête du nez, et les poils de sa barbe étaient poissés de sang, de ce sang noir impur, de l'infamie, qui l'avait confondu à Madonna di Campiglio. La mort, elle, se reflétait dans son œil gauche grand ouvert, voilé par une fine membrane visqueuse d'un blanc laiteux, un œil de supplicié frappé d'une expression sévère de stupeur et d'incrédulité. S'il est vrai que les morts conservent, imprimé sur la rétine, l'image rémanente de leur dernière vision, on pouvait tenir pour certain qu'il s'était vu mourir avec effroi et n'avait pas rejoint, dans une ultime expiation, la sérénité à laquelle il aspirait. Quand Francesco Toni avait cherché à desserrer le poing gauche pour voir s'il ne renfermait pas un objet, les doigts s'étaient rétractés obstinément, sous la pression, dans un ultime refus post mortem, mais l'index de sa main droite était tendu à l'image du « Saint Matthieu et l'Ange » du Caravage où l'ange nous indique du bout du doigt le sens de la vie. Pantani avait-il cherché à désigner quelque chose ou quelqu'un ? Pour le docteur Francesco Toni, tout cela n'est que foutaise. Il parle en expert. Cela fait plus de vingt ans qu'il exerce son métier. Un long bail avec la mort, avec en prime un surnom : le « coroner ». Et une solide réputation. C'est à lui que les policiers de Rimini font appel dans les cas litigieux. « Plus souvent l'été, quand la ville atteint un niveau de fréquentation très élevé, me dit-il, au téléphone, alors il m'arrive d'intervenir quatre ou cinq fois par semaine. » Son rôle ? Débroussailler la situation. Elaguer le champ des hypothèses. Indiquer par ses remarques, ses recommandations, les voies à défricher et celles qu'on peut éliminer. Libre ensuite au juge, aux policiers de suivre ou non ses directives. Cette fois, il écartera d'emblée la piste du suicide et de l'homicide. « Pour l'une comme pour l'autre, dit-il, les conditions n'étaient pas réunies. » Il ne croit pas au lent suicide romantique, consciencieux, d'un Pantani usé par un lourd contentieux judiciaire. Un Pantani las d'être Pantani, fragilisé par ses déboires sentimentaux et par l'irrévocable conviction que sa carrière est à l'image de sa vie, en lambeaux. Et derrière lui.

Il ne s'agit pas non plus d'une mort violente mais d'un fait purement accidentel quasi fortuit, m'assure-t-il, la conséquence d'une crise paroxystique causée par un abus de substances chimiques.

Les blessures au nez ? « De simples contusions. » Pantani n'a pas pu recevoir un coup de poing, c'est ce qu'il me dit sans argumenter son assertion. Qu'on puisse l'avoir frappé avec un objet, un ustensile contondant lui paraît improbable.

La nappe de sang sur le sol ? Rien d'alarmant. Une « gocciolina », minimise-t-il. Une « petite goutte ». Pas de quoi fouetter un chat ou nourrir une intrigue.

Il concédait avoir formé son opinion sur la foi de ses propres impressions mais on pouvait se fier à lui. « Vous savez, j'ai l'habitude, un long parcours derrière moi. » Sur ses conseils, Paolo Gengarelli s'était dispensé de réclamer un relevé d'empreintes digitales et cependant, parmi d'autres détritus, les enquêteurs avaient collecté toutes sortes d'indices intéressants : un morceau de drap maculé, un kleenex souillé, un sachet transparent contenant des substances brunâtres, un mouchoir tacheté de sang abandonné – par qui ? – dans la poche d'un parka suspendu à une patère, ainsi que des notes de restaurant à l'en-tête du Bar Don Giovanni auxquelles ils ne prêteront pas la moindre attention, de même qu'ils négligeront de s'interroger sur les deux emballages graisseux d'un fast-food chinois ramassés sur le dessus d'une corbeille. Si Pantani n'avait jamais quitté l'hôtel comme l'assuraient les employés ni fait appel aux services d'un traiteur asiatique, comme cela est prouvé, qui les avait déposés là ?

*

La nuit était déjà bien avancée quand le juge Paolo Gengarelli quitta la Résidence Le Rose. Sur le Lungomare, au-delà des hôtels de façade, la mer roulait une eau sale, couleur café au lait, comme elle l'est souvent l'hiver quand elle rejette dans son écume toutes sortes de déchets, poissons morts, canettes, troncs d'arbre, sacs plastique en tout genre ou, plus rare, le corps décomposé d'un noyé, vagabond conduit sans escorte à la morgue et dont le tragique destin se résumera en un entrefilet dans le journal local, à la rubrique des faits divers. Pour le juge, cette affaire ne sortait pas des sentiers battus mais s'annonçait très délicate, en raison de la personnalité du défunt. En Italie, Pantani est une icône, une figure du paysage social, plébiscitée par les médias. Paolo Gengarelli va devoir prendre des précautions, boucler l'instruction au plus vite, avant que l'affaire ne s'envenime. Pour quelques semaines, il va devenir le juge le plus célèbre du pays. Ce soir-là, au TG1, le grand journal de la Rai, il lance un appel à témoins. « Nous n'avons que peu d'éléments en notre possession, ajoute-t-il. C'était apparemment un personnage en crise, profondément déprimé. » Pour mieux border l'instruction, il contacte le docteur Giuseppe Fortuni, un médecin légiste de Bologne, une sommité locale, qu'il joint par téléphone. S'il le « caste », lui, plutôt qu'un de ses confrères, c'est sur la foi d'une précédente collaboration mais aussi parce qu'il a besoin d'un associé en qui il puisse avoir toute confiance, d'un porte-parole apte à diffuser l'information, la diriger si nécessaire. La communication téléphonique est difficile, parasitée :

— C'est Gengarelli, vous connaissez la nouvelle ?

— Non pas vraiment, de quoi s'agit-il ?

— Pantani est mort ce soir dans une Résidence de Rimini.

— Le champion cycliste ?

— Oui. On l'a retrouvé au pied de son lit.

— Des indices ?

— Il était seul dans sa chambre, c'est tout ce que l'on sait… Mais j'aimerais que ce soit vous qui vous chargiez de l'autopsie.

— Je suis à Ortisei, en pleine montagne. Quelques jours de vacances en famille.

Forturi expliqua que, le temps de faire ses bagages, il ne pourrait pas être opérationnel avant lundi.

— Peu importe. Nous ne sommes pas dans une

situation d'urgence. Apparemment, c'est une overdose…

Pas d'affolement donc. Pour le juge comme pour les enquêteurs, il n'y a pas d'affaire Pantani.

Tout au plus, une affaire de cocaïne.

*

Lundi 16 février
Vingt-deux heures.

Cela fait deux bonnes heures que je traîne avec des confrères italiens autour de la Résidence Le Rose. En dépit de l'heure avancée, il y a là plus de deux cents curieux, des voisins alertés par les rumeurs, des couples sortis fêter la Saint-Valentin, des supporters du champion, venus en maillot et cuissard, archiver *de visu* la dernière demeure de leur idole, l'ultime vestige de son passage sur terre. Le regard fixé sur la façade, ils cherchent dans un silence consterné à repérer la chambre du drame, certains pleurent, d'autres incrédules, s'interrogent sur la précarité de l'existence. Sans comprendre. Pantani était célèbre et fortuné et il finit sa vie anonyme et misérable. A contre-jour de sa réputation. Quel sens donner à tout cela ? A tous ces monceaux de fleurs, ours en peluche, fanions du Milan AC que ses admirateurs étaient venus déposer au pied du mur d'enceinte de la Résidence ? A toutes ces lettres et messages empalés sur les grilles, ultime flambée d'une douleur profonde, sincère et partagée, derniers témoignages épistolaires de ce lien quasi mystique et religieux qui l'unissait à ses sympathisants. J'ai conservé un de ces messages rédigé sur une feuille de papier quadrillé arrachée d'un bloc-notes. La prose est maladroite, truffée de fautes d'orthographe, des mots sont en lettres capitales pour mieux en souligner l'importance. Je l'ai lue et relue des dizaines de fois, sans en percer le mystère. Je le retranscris ici sans en changer la forme.

Rimini 16.2.04

Ciao Marco

C'est moi ton ami que peu, et même très peu de gens connaissent. OK ?!! Je suis désolé que tu ne m'ais pas appelé mais je sais pourquoi. J'ai désiré que ça se finisse comme ça mais tu sais ce que je penses, pour moi tu étais un perdant, parce que tu n'a jamais voulu T'ACCEPTER et MAINTENANT TU AS FAIS UN GRAND BORDEL COMME TOUJOURS. Mais ton vécu restera (*ce mot est souligné d'un trait*) et au fond de ta conscience, ce que je t'ai toujours dit et répété tout le temps : tu n'as pas envie de vivre mais de souffrir… MAINTENANT TU AS RÉUSSI CIAO

Tuo Paolo.

Ce qui surprend, c'est l'acrimonie du ton, dépourvu de toute compassion avec cette phrase péremptoire, lourde de sous-entendus (« J'ai désiré que ça se finisse comme ça ») qui pourrait suggérer que Pantani s'était engagé dans un rapport de soumission. Il y a aussi cette remarque très intrigante (« Tu n'as pas envie de vivre mais de souffrir, maintenant tu as réussi ») qui fait porter à Pantani la pleine et entière responsabilité de sa mort. Enfin cette formule « ton » Paolo pour le moins ambiguë. Ce message, je ne suis pas le seul à l'avoir remarqué. Dans l'un de ses articles, un journaliste de la *Repubblica* en avait fait état en demandant au susdit Paolo de se faire connaître. Qui était-il pour Pantani ? Un ami de passage, croisé dans la rue ? Un dealer occasionnel ? Un affabulateur ? Un homosexuel ? Quel type de relation avait-il pu nouer avec le défunt pour se désigner comme « son » Paolo ? D'ailleurs, s'appelait-il réellement Paolo ? Par l'effet d'une vieille pratique sémantique les Romagnols se plaisent à modifier leur état civil. La sœur de Pantani se fait appeler Manola alors qu'en réalité, elle se prénomme Laura. Et le père de Pantani ne s'appelle pas Paolo mais Fernando. L'auteur du billet portait-il lui aussi un nom d'emprunt ?

Je pris le temps de photographier, scanner, scrupuleusement les lieux. La Résidence Le Rose ménageait deux accès. On pouvait y entrer, en sortir sans être vu, soit par l'entrée principale sur le Viale Regina Elena et son long travelling ininterrompu de bars, de salles de jeux vidéo, de magasins d'articles de plage et de jouets d'enfants, soit par l'issue de secours, une porte de service discrète, dotée d'un interphone, donnant côté plage sur un parking d'une dizaine de places réservées aux clients. Plus tard, lors du procès de Fabio Carlino, j'apprendrai qu'il était possible de quitter l'hôtel sans passer par la réception en prenant l'ascenseur qui distribuait tous les étages à partir du garage souterrain où la porte s'actionnait de l'intérieur, à l'aide d'un interrupteur. Il était donc facile de faire entrer et sortir quelqu'un incognito. Pour plus d'informations, je parcourais chaque matin les deux journaux locaux, le *Corriere di Romagna* et la *Voce di Romagna*, à la recherche d'un détail, d'un élément susceptible d'être approfondi. Je savais qu'il fallait être patient, attendre que l'émotion retombe pour qu'ensuite les langues se délient. Dans l'immédiat, je me contentais de recouper les rares témoignages glanés parmi les familiers, auprès de Manuela Ronchi, sa manager, qui l'avait hébergé chez elle, à Milan, moins d'un mois avant sa mort, auprès de son copain d'enfance, Andrea Agostini, qui avait le sentiment d'avoir perdu un frère, auprès de ses anciens collaborateurs professionnels. Tous possédaient une parcelle de vérité, un bout de cette mosaïque que je cherchais à reconstituer. Sans oublier les membres de son fan-club, le « Magico Pantani » et son président Vittorio Savini, dont on savait qu'il avait tenu à Tonina des propos sibyllins (« Soyez déjà heureuse qu'il soit rentré vivant ») sur la foi d'un mystérieux correspondant qui lui aurait laissé entendre par téléphone au soir du triste épisode de Madonna di Campiglio, qu'il n'y avait aucun regret à avoir, parce qu'en aucun cas, Pantani ne serait jamais arrivé en vainqueur à Milan.

*

Lundi 16 février
Institut médico-légal
à l'hôpital des infirmes de Rimini.

Il était allongé sur un chariot d'acier, nu et froid comme la salle de dissection qui l'entourait. Son teint était cireux, ses traits reposés, à peine creusés par la lumière opératoire, blanche et cruelle, qui flottait dans une odeur entêtante de formol. Selon les règles en usage, Giuseppe Fortuni avait tout d'abord inspecté les vêtements, le jean, le boxer, découpés au cutter par son confrère de la police scientifique, puis il avait ausculté, palpé l'ensemble du corps et n'avait rien trouvé d'anormal, aucun indice permettant de conclure que le défunt avait subi une agression, hormis des boursouflures de couleur brune au-dessus du genou, semblables à des petites brûlures de cigarette, séquelles de coups (« in liminae vitae », aux limites de la vie, me dira-t-il) qu'il s'était probablement infligés en titubant contre les montants du lit. Le cadavre ne présentait que des « blessures superficielles » au visage et aux jambes, lardées de cicatrices, des excroissances de chair nécrosées pareilles à des scarifications tribales recomposant à elles seules les jalons d'une carrière brillante mais chaotique, atrophiée par de nombreux accidents. « Tu les vois ces jambes toutes cabossées, suturées de partout ? m'avait-il lancé un jour, en riant. Elles en disent long sur moi, tu sais pourquoi ? Parce que c'est avec elles que je m'enfuyais quand j'étais gosse... » On ne comptait plus ses chutes, ses fractures et les mois passés à ressouder ses os brisés dans l'eau réparatrice d'une piscine.

Fracture de la clavicule droite et du poignet en 1985.

1986. Il percute un camion à l'arrêt. Traumatisme crânien. Fracture du nez. Un jour de coma.

Baby Giro en 1990. Dès le prologue, il glisse sur une plaque d'huile. Quelques jours plus tard, un éboulis se décroche de la montagne et s'encastre dans sa roue. Nouvelle chute.

1er mai 1995 une camionnette lui refuse la priorité sur la route de Sant'Arcangelo. Il doit renoncer au Giro.

La suite de sa carrière est à l'avenant, marquée par une malchance proverbiale mais, à chaque fois, il se relance, comme Lazare, porté par un caractère inflexible sur lequel rien n'opère et c'est à se demander (je m'en étais fait maintes fois l'observation de son vivant) si cette poisse légendaire, cette alternance d'absences et de retours en grâce, dans son obstination à poursuivre un destin réfractaire, si la conscience d'évoluer sur le fil fragile de ses déséquilibres ne constituait pas le viatique de son incroyable vitalité. Aurait-il été plus constant dans le cadre d'une carrière linéaire, sans rupture ni contrariété ? Rien n'est moins sûr. La presse évoquait le « mauvais sort », je crois plutôt qu'il avait des problèmes avec le monde physique. Un psychologue dirait qu'il « cherchait sa mort » après l'avoir approchée, frôlée de près le 18 octobre 1995 au Colle di Superga, ce haut lieu du Milan-Turin déjà hanté par le crash aérien du Torino en 1949 et par la mort accidentelle de Serse Coppi, le frère de Fausto. Attardé à l'arrière du peloton, Pantani avait heurté de plein fouet un véhicule mal garé. Un choc frontal effroyable. Pendant qu'il sombrait dans le coma, il avait perçu dans la voix angoissée des premiers secouristes (« Vous nous entendez ? Respirez, Respirez… Essayez de bouger les doigts… Vous pouvez bouger les doigts ? ») l'écho assourdi de sa propre mort. Une mort ajournée, qui n'avait jamais relâché son emprise et l'avait rattrapé à la morgue de Rimini, dans un casier réfrigérant, une sorte de caveau provisoire où son identité se cachait derrière un simple matricule scellé à ses chevilles. Dernier dossard avant l'oubli.

*

Au commencement de cette contre-enquête, je n'avais qu'une crainte : participer au dépeçage du mythe. Mais je pressens qu'il n'y a pas d'alternative, que la vérité est à ce prix même si ses blessures ne sont rien comparées aux tourments de son âme, à cette plaie qui certains jours le transportait aux confins d'une folie que Fortuni, avec ses propres outils, ne pourra jamais autopsier. Le légiste avait incisé dans les chairs une longue découpe en forme de Y, une «cravate» – comme ils disent en termes de métier – allant de la pointe des omoplates au sternum et du sternum jusqu'à la zone pubienne. Il avait alors sectionné les cartilages à l'aide d'une pince, déboîté d'un coup sec les articulations de la clavicule puis avait arraché la cage thoracique comme il l'aurait fait d'un vulgaire poulet. Plus tard, il avait extrait plusieurs fragments d'organe, la rate, le foie qu'il avait plongé dans des bassins de formol pendant que ses collaborateurs s'appliquaient à recueillir la bile, le contenu des sucs gastriques et l'urine en pressant la vessie. Ensuite, il s'était emparé du cœur et l'avait fait tourner entre ses mains dans un rai de lumière pour en inspecter les valves, les cavités. Enfin, il avait débridé les artères avec la pointe de ses ciseaux, en quête d'un caillot ou d'une anomalie susceptible d'expliquer l'embolie. Giuseppe Fortuni avait procédé par étapes, selon une méthode éprouvée, sans se laisser submerger par l'émotion si ce n'est au moment d'ouvrir le crâne. Une gêne inhabituelle l'avait paralysé, le sentiment irréfléchi de commettre un sacrilège, un acte irréparable. Un délit. Le crâne chez Pantani, c'était tout un symbole. Mais il s'était ressaisi et s'était appliqué à découper le scalp réduit à un pan de chair flasque qu'il avait rabattu comme un gant sur le visage de Pantani. Une façon de lui renvoyer son histoire à la face. De mémoire, aucun champion n'avait été à ce point violé dans son intimité, dépecé, vidé de son urine et de son sang, éventré, comme Judas, le Judas de l'Evangile empalé tripes à l'air en place publique.

*

Sur le Porto Canale, je croise Mario Pugliese, camarade de Pantani depuis les bancs de la communale, aujourd'hui correspondant de la *Voce di Romagna* au bureau de Cesenatico. Le 23 septembre 2003, il avait publié la dernière interview de Marco Pantani, une simple discussion téléphonique informelle, remaniée sous la forme d'une rencontre impromptue. Un procédé discutable, peu orthodoxe, en contravention avec les règles élémentaires du journalisme (« Mais qui ne renferme aucune mystification, se défend Pugliese. L'article a été relativement construit en ce sens, pour conceptualiser l'interview et fournir aux lecteurs une description fidèle du Pantani égaré, bouffi, méconnaissable, tel que l'avaient minutieusement décrit de nombreux témoins oculaires ») et cependant le témoignage est là, dans sa force vitale, qui revêt après coup une valeur posthume indéniable. Marco Pantani ne s'étant plus exprimé depuis le mois de mai, ce témoignage marquait la fin d'une odyssée en même temps qu'elle déboutait tous ceux – équipiers, journalistes, manager, sponsors – qui, par ignorance ou intérêt, continuaient d'entretenir le mythe et l'espoir de le revoir un jour en compétition. Sur le point de tourner la page, Pantani s'était retenu de lancer ses habituelles philippiques contre le milieu cycliste qu'il abhorrait. « J'ai débranché la prise, disait-il en substance, je suis maintenant un ex dans tous les sens du terme. » Pugliese me confirma qu'il était lucide et plein de projets. Qu'il parlait de rester dans le cyclisme comme manager d'une équipe, et pour ébranler le système étatique de l'UCI, songeait à créer sa propre fédération. Il avait simplement besoin de réfléchir et de vivre loin des réflecteurs de l'actualité, de « prendre le large » et c'est ce qui l'avait apparemment poussé à s'installer chez Michel Mengozzi, gérant de discothèque, fils d'un industriel du poulet d'élevage de Predappio, un petit village de la Romagne, niché à l'intérieur des terres, à quarante kilomètres de Cesenatico.

Quarante kilomètres.

Il appelait ça « prendre le large ».

« Le champion que j'étais est à des années-lumière de l'homme que je suis devenu », avait-il ajouté, sans plus de commentaires sur son quotidien, radicalement bouleversé. Je sais maintenant qu'il passait ses journées à lever de la fonte dans une salle de musculation, il avait d'ailleurs grossi de vingt kilos et se sentait comme « un petit taurillon », une expression très incongrue dans sa bouche tant il était soucieux de son apparence. Sur le plan judiciaire, l'étau se relâchait. On l'avait absous des accusations de « fraude sportive » dans le procès de Trente, les faits n'étant pas considérés comme un délit aux yeux de la loi italienne. Mais cette sentence, venant ponctuer quatre longues années de tracasseries judiciaires, ne pouvait plus lui restituer l'insouciance de ses débuts. « L'histoire est désormais écrite », dit-il. Il en était arrivé à ce point de sa vie où il avait décidé de se « foutre de tout », une expression lourde de sens que les observateurs italiens n'avaient pas daigné commenter et pourtant elle nous renseignait sur son désenchantement et sur le degré de son abaissement. Pantani avait rompu avec tous les codes et conventions sociales, mais en partie seulement. Dès le lendemain, sous la dictée de sa manager, en quête d'un nouveau sponsor, il avait nuancé ses déclarations en précisant que sa décision de mettre un terme à sa carrière n'avait pas un caractère irrévocable et qu'il avait « simplement exprimé des sensations à un ami ».

*

L'affaire étant sensible, Fortuni avait prélevé deux lots d'échantillons d'organes et réclamé de ses assistants, les docteurs Enrico Rossini et Emanuela Segreto, qu'ils expédient le tout au laboratoire de toxicologie pour des examens chimiques approfondis « sauf le cœur, s'était-il empressé de corriger, le cœur, je le garde avec moi... » Ce n'était guère dans les usages. D'habitude, ils entreposaient l'ensemble des organes dans une armoire réfrigérante de l'université de Bologne mais, le concierge étant absent, Fortuni préférait s'en remettre aux conseils de Gengarelli. La veille, au téléphone, le juge lui avait recommandé de prendre un maximum de précautions. « Redoublons de prudence, lui avait-il rappelé, les vols de cadavres sont plus courants qu'on ne le pense », lui avait-il rappelé. La brutale disparition de Marco Pantani remuait l'opinion. Le médecin légiste avait vu des gens pleurer devant la Résidence Le Rose et des hordes de journalistes l'attendaient devant la morgue. L'un d'eux s'était même déguisé en infirmier pour l'approcher pendant une pause dans le couloir. (« Dans le cours d'une autopsie, il y a souvent des temps morts», m'avait-il fait remarquer, sans noter l'ironie de son propos.) Instruit sur le climat passionnel qui entourait l'enquête, Fortuni choisit de conserver le cœur de Pantani à son domicile.

— Il y a tellement de dingues, de désaxés qu'il vaut mieux se méfier, avait-il objecté.

Tout en se rinçant les mains, il avait ajouté à l'intention de son adjoint :

— Imagine qu'un fétichiste s'introduise cette nuit dans l'institut et vole le cœur de Pantani ! On aurait bonne mine…

Quelques minutes plus tard, au volant de sa voiture, dans les rues encombrées de Rimini, il s'était senti gagné par une étrange fébrilité, une forme d'appréhension qu'il n'avait jamais éprouvée auparavant. Deux véhicules lui avaient emboîté le pas à la sortie de la morgue, il pouvait les voir flotter par séquence dans son rétroviseur. Il avait beau se dire que ce n'était que des journalistes en manque d'informations, il s'était maudit d'avoir accepté ce travail, comme il m'en fera l'aveu quelques mois plus tard, à son domicile, après m'avoir désigné l'endroit, sous la fenêtre de sa cuisine où le cœur du champion avait passé la nuit verrouillé dans sa valise réfrigérée, à l'insu de ses deux filles. «Ma femme, elle, est habituée à vivre des choses étranges mais à ce point, jamais», avait-il ajouté dans un pâle sourire.

*

Je me souviens avoir erré jour et nuit, dans Cesenatico, partout où j'étais susceptible de retrouver sa trace. Le matin j'allais prendre mon café sur le Porto Canale, à la Gelateria del Corso, le saint des saints, siège du Club Fausto Coppi, le club de ses débuts où trône sa première bicyclette de course, une Vicini gris métallisé au cadre en acier, munie de cale-pieds et gaines de frein apparentes. C'est avec cette bicyclette, scellée au mur par des crochets, qu'il avait remporté sa première course, le 22 avril 1984, à Case Castagnola. Une photo derrière le comptoir, parmi d'autres reliques, le restituait dans toute la grâce de ses quatorze ans. Ses jambes étaient noueuses, déjà galbées pour la course cycliste et dans son regard, attendri par un léger sourire, perçait une vraie candeur, une innocence que la vie n'avait pas encore outragée. A l'école, ce n'était pas le plus studieux mais « le plus rapide à recopier ses devoirs ». L'un de ses professeurs l'avait d'ailleurs surnommé « fuoriclasse », terme à double lecture qui désigne l'écolier turbulent « que l'on chasse de la classe », de crainte qu'il la perturbe – ce qui le prédisposait peut-être (je sais qu'ici je force un peu le trait) à endosser les oripeaux du banni à Madonna di Campiglio – mais dans le langage des pelotons, le « fuoriclasse », c'est aussi le super champion « l'athlète hors classe », hors norme. Coppi, Merckx, Anquetil, Hinault étaient des « fuoriclasse ».

Gimondi, Fignon, Moser de simples champions.

Pantani, lui, reste inclassable. C'est en marge qu'il se sent à sa vraie place, conformément à sa nature.

Comme tous les grimpeurs, il ne redoute pas la solitude, au contraire, il l'appelle de tous ses vœux. Ne songe qu'à s'échapper.

S'échapper du peloton, s'échapper du réel, n'est-ce pas peu ou prou la même chose ?

Echapper aussi à toute forme d'influence.

Le jeune Marco est frondeur, épris de liberté, contemplatif et sauvage, capable de disparaître pendant des heures, au mépris de l'autorité parentale, pour aller braconner dans les plaines marécageuses qui s'étendent au-delà de la route nationale 16 qui file vers Modène et Faenza.

L'été, avec Andrea, le fils du carrossier, son condisciple à la communale, qui deviendra plus tard son attaché de presse chez Mercatone, ils passent de longs moments assis au soleil, sur une balise à l'entrée du port.

De quoi parlent-ils ?

En bons Romagnols, des femmes et du Milan AC.

Et de leur passion commune.

Avec Andrea, ils courent pour la Jacobazzi, la grande pépinière du cyclisme romagnol que dirige

Pino Roncucci, un technicien hors pair. Je l'ai rencontré, chez lui, dans un quartier tranquille, pavillonnaire de Forli, ville qui évoquera toujours pour moi le Grand Prix du même nom, disputé contre la montre pour le plus grand éloge de Jacques Anquetil qui venait y défier le grand champion local, Ercole Baldini, recordman de l'heure en 1958.

Bel homme, Roncucci, droit, grand, chaleureux, physique à la Kessel, des opinions formées sur le tas à l'aune d'une longue expérience d'éducateur. Quand je lui demanderai à brûle-pourpoint le trait dominant du jeune Pantani, il me répondra sans une hésitation « l'altruisme ». « Marco faisait toujours tout son possible pour que la victoire revienne à notre équipe, quitte à s'effacer au profit d'un équipier. » Il l'avait vu souvent pleurer dans la défaite. C'est un hypersensible, ambivalent, soucieux de son indépendance, qui ne se laisse que rarement imposer une conduite. (Roncucci. « Je devais le prendre avec doigté, et le convaincre constamment du bien-fondé de mes arguments. ») (Martinelli. « Dans la conversation, pour capter son attention, il fallait savoir l'intéresser, l'amuser, piquer au vif sa curiosité, sinon il vous laissait en plan. ») Chez les professionnels, quand Martinelli et Cassani lui reprocheront d'être ingérable et de ne se fier qu'à ses propres intuitions, à l'encontre, souvent, de toute logique, il répliquera : « Si je les écoutais, je deviendrais comme eux mais qu'ont-ils fait dans leur carrière ? Sans vouloir les offenser, quitte à me tromper, je préfère être Pantani, c'est de loin ce que je fais de mieux… »

Selon Agostini, Pantani n'était pas un ambitieux au sens littéral du terme mais il était pressé de réussir : « C'était un extrémiste. Il me disait toujours : ou je deviens un champion ou je finirai délinquant. »

*

Après avoir découpé le cœur de Pantani en pelures d'oignon, les experts toxicologues de l'université de Bologne étaient parvenus à isoler des cicatrices microscopiques, invisibles à l'œil nu, stigmates d'un usage fréquent de cocaïne pour en arriver à cette conclusion déconcertante : le cœur du défunt, lisse et transparent, n'était ni dilaté, ni altéré. En parfait état de fonctionnement.

*

Il n'a que vingt et un ans, en septembre 1991, quand il s'aligne dans la Cronoscalata della Futa, une course de côte chronométrée ouverte aux professionnels. L'un de ses amis, Cesare Paolini, futur attaché de presse de l'équipe GB-MG, lui lance un défi. « Si Bugno ne te prend pas plus d'une minute trente, je t'offre le dîner. » Quelques jours auparavant, Gianni Bugno avait été sacré champion du monde à Stuttgart mais il en fallait plus pour l'effrayer. « Choisis ton restaurant et réserve-nous une table, sur ce parcours, Bugno s'en tirera déjà bien s'il me bat », avait-il rétorqué. Et de fait, il ne s'était incliné que de dix petites secondes, écart infime qu'un Bugno à bout de souffle avait arraché au forceps, sur le replat du dernier kilomètre. L'année suivante, quand Davide Boifava – le manager du groupe Carrera – le sollicite pour passer professionnel, sur la foi d'un contrat lucratif, réévalué d'un million de lires, parce qu'il vient de gagner le Giro Baby, Pantani hésite, pinaille, tergiverse. Se décide enfin. « D'accord, je vais signer, mais je préfère être clair. Quel que soit le prix que vous mettez, c'est vous qui faites une affaire, pas moi ! » Selon Orlando Maini qui le dirigeait au sein de la sélection régionale de l'Emilie-Romagne, le jeune Pantani était un « prédestiné », un véritable phénomène, attaché à la haute montagne par un lien quasi émotionnel. Au départ des grandes étapes dolomitiques, les *tapone*, comme disent les Italiens, il entrait en fibrillation, fanatisé par l'enjeu. Impuissant à distancer le grimpeur de la Mapei, le Russe Pavel Tonkov, en 1998, dans la montée de l'Alpe di Pampeago, il s'était arraché un diamant incrusté dans son nez, et l'avait jeté sur la route en se récriant intérieurement « t'es Pantani ou pas ? ». Il carburait à l'orgueil « Un orgueil démesuré qui me pousse à vouloir être unique» disait-il. Son arme principale? Un rapport poids-puissance idéal qui lui permettait d'enrouler de grands développements dans les cols. Et des facultés de récupération exceptionnelles. Moins de dix minutes après une étape de montagne, son cœur redescendait à 36, 38 pulsations minute. Son caractère masochiste lui permettait d'aller très loin dans la souffrance. «Il aurait mangé sa propre roue s'il l'avait fallu mais, là où vous leviez le pied, lui continuait à rouler, coûte que coûte, pour vous prouver qu'il était fait d'un autre bois que vous», rapporte un de ses anciens équipiers.

Au sein de la Carrera, le petit grimpeur Enrico Zaina avait prévenu son leader, Claudio Chiappucci :

«Tu verras, dans les cols, celui-là nous mettra tous en file...»

Dans la presse, Pantani «se paie» Chiappucci, avec des mots, pour mieux le déstabiliser sur la route. «Chiappucci? Oui, bien sûr, c'est un vrai champion, répond-il quand on l'interroge (pour ajouter aussitôt) mais je n'ai rien à lui envier.» Puis caustique :

«Enfin si, quelque chose peut-être : ses cheveux.»

*

Demain les obsèques.

Je viens d'expédier mon article à *L'Equipe*. Les journées sont déprimantes. Au volant de ma voiture, je me laisse ensevelir par les nappes de brouillard, épaisses et blanches, qui s'étendent sur l'Emilie-Romagne. Si je le désirais, je pourrais m'anéantir dans le brouillard et disparaître à jamais. Je pense à Pantani. Je me demande s'il lui arrivait de rouler la nuit, sans but ni destination précise, pour tromper l'ennui, l'inertie, dans la seule intention de provoquer le hasard. Je pense à cette phrase du cardinal de Retz : « Il n'y a rien dans ce monde qui n'ait un moment décisif. » Et je m'interroge : En quel instant précis sa mort s'était-elle nouée ? Pendant son enfance, rebelle et solitaire dominée par une incapacité notoire à vivre parmi les autres ? A Madonna di Campiglio quand il quitta le Giro dans la honte, et sous escorte policière ? En juillet 2000 quand il se retira du Tour de France à Evian, dans la crainte d'un nouveau contrôle au débouché d'une nuit nauséeuse qui se serait prolongée au-delà de toute limite ? Quand il commença à fourrer son nez dans la cocaïne ?

Sur la Via Torino, la vision solitaire du kiosque à *piadines* (galettes de blé accommodées à toutes les sauces, typique de la Romagne) me renvoie à notre première rencontre, en mai 1995. Pantani était encore riche d'attentes, vierge de toute appréhension, ouvert sur l'avenir, prolixe dans ses réflexions. Victime d'un accident, il avait dû renoncer au Tour d'Italie mais n'en faisait pas un drame : « Je suis encore jeune, les occasions ne manqueront pas », se consolait-il. Il portait un tee-shirt orange sous une salopette en toile bleue à fines rayures, une casquette de base-ball pour cacher sa calvitie naissante. A quelques pas de nous, sa Harley Davidson reposait sur sa béquille sous la voûte épaisse d'un pin parasol. Des taches de soleil couraient sur le sol. C'était un jour de grand beau temps. On s'était assis au frais, sous le auvent du kiosque où Manola, sa sœur, concoctait des piadines « sauce Ullrich » de son invention. Il y avait une grande gaieté dans l'air. Pantani m'avait tendu un exemplaire de *Zal* (*zal* signifiant jaune en dialecte romagnol), un fascicule que publiait son fan-club, dans lequel j'avais pris soin de découper sa fiche.

Pantani

1,72 m, 56 kg

36 pulsations au repos, 175 en plein effort.

5,6 litres de capacité pulmonaire.

Puissance de pédalage : 430 watts.

Signes particuliers : deux tatouages. Un diable polychrome rouge et noir, avec un trident et un cœur, emblème du Milan AC sur le biceps droit. Un papillon et une rose sur la poitrine.

Surnom : *elefantino* (petit éléphant) en raison de la disproportion de ses oreilles.

Plat préféré : piadine saucisse et oignon.

Le père avait abandonné son métier de plombier pour se consacrer à la gestion du kiosque tenu par la mère, Tonina, une femme à la santé délicate mais tenace et volontaire qui, à la haute saison, marnait jusqu'à plus d'heure. Un an après s'être révélé par deux exploits d'anthologie dans les Dolomites, il vivait encore à Cesenatico dans le modeste trois-pièces de ses parents, au deuxième étage d'un condominium de la Via dei Mille, ce qui l'obligeait à descendre et monter l'escalier de marbre blanc, son vélo en bascule sur l'épaule, en s'appliquant à ne pas riper sur ses cales de chaussures en métal. Je conserve un souvenir très net de leur appartement très sombre et desservi par un couloir obscur, avec au mur, deux photos encadrées de Diego Pellegrini et de Fabio Casartelli, morts au champ d'honneur, le premier dans un Tour du Val d'Aoste pour amateurs, le second sur le col du Portet d'Aspet dans l'exercice supérieur d'une profession dont Pantani avait déjà pu évaluer les dangers. « Dans une descente c'est à eux que je pense, davantage qu'à mes propres infortunes », m'avait-il lancé. J'apprendrai plus tard qu'il envoyait régulièrement de l'argent à la veuve de Casartelli – « pour l'enfant », disait-il – et qu'il était seul à faire ça. Pour faciliter sa préparation athlétique, son père avait transformé en sauna la chambre de la sœur Manola, mariée depuis peu. A l'époque, Pantani était d'une grande disponibilité. Je demandais un entretien, il me l'accordait sans délais, sans jamais négocier ni son temps, ni sa parole, ni la nature des discussions. Aimant son métier, il respectait celui des autres, l'interview devenant un jeu qu'il menait avec sérieux. Il pouvait se montrer plein d'aspérités, intransigeant quand son honneur était en jeu, différent selon ses interlocuteurs, sans pour autant cesser d'être lui-même, sentimental et généreux. Il y avait l'homme et le champion, deux êtres en perpétuelle symbiose, l'un faisant écran à l'autre, le premier parlant du second à la troisième personne avec la fierté d'un démiurge parce qu'au fond il s'était mis à croire, ce fut là son honneur, sa folie, sa déchirure, en l'existence de ce Pantani mythique, archétype du grimpeur surdoué, forgé de toutes pièces sur le modèle de Charly Gaul, dont il se sentait l'héritier putatif, Gaul auquel il était allé rendre visite, seul, au volant de sa voiture, au Luxembourg, dans un élan de cœur irréfléchi. Une démarche insolite, infiniment troublante même s'il était facile de comprendre qu'il était allé chercher, ce jour-là, auprès de l'ancien champion luxembourgeois une parenté qui lui faisait défaut.

*

Le soir, dans ma chambre d'hôtel, j'épluche quelques archives, accumulées au fil des ans, série d'éditoriaux, photos, articles de fond, éclats de vie abandonnés à la postérité, fragments épars d'une œuvre posthume que je m'efforce de recomposer. C'est le moment de tout remettre à plat, de sérier l'essentiel de l'anecdote. Sur un magnétophone de poche, j'emboîte des vieilles cassettes, sans ordre chronologique. Elles recrachent des bribes de conversations qui m'apparaissent à la lueur du présent comme autant d'indices et pièces à conviction susceptibles de raviver sa mémoire. Je le retrouve dans ses intonations, dans son phrasé si particulier. Sa voix se charge d'une telle intensité que je crois sentir son souffle sur ma nuque, j'ai l'impression qu'il est là, derrière moi, et qu'il se penche sur mon épaule et me dicte ma conduite.

Je le revois assis en tailleur, au milieu de la chaussée, à Tarascon-sur-Ariège en pleine affaire Festina. Les coureurs avaient décidé de protester contre l'intervention massive des policiers.

Je le revois quelques jours plus tard, en maillot jaune, dans les Alpes, au milieu d'un peloton qui roulait au pas et menaçait de mettre pied à terre. Andrea Tafi, l'ancien vainqueur de Paris-Roubaix, le confirme. « S'il l'avait fallu, il aurait quitté le Tour sans préavis, d'ailleurs, comme beaucoup d'autres coureurs, pendant cette étape, il avait arraché son dossard. »

C'est une indication.

Lui qui sera par la suite accusé de « fraude sportive » était prêt en juillet 1998, par loyauté, à renoncer à une victoire dans le Tour.

Autre document.

Une pleine page, à la une de *L'Equipe*, dans le brouillard réfrigérant du Galibier, il vient de lâcher Ullrich dont le visage boursouflé par le froid évoque la gueule tuméfiée d'un boxeur malmené.

Pantani s'en va seul, vers les Deux-Alpes, comme Charly Gaul en 1958 dans la Chartreuse, et comme Fausto Coppi auquel le quotidien sportif turinois *Tuttosport* l'a comparé, rapprochement osé mais prémonitoire : Coppi est mort à quarante ans, tragiquement, d'une malaria, dans les décomptes d'un divorce onéreux.

Seul, donc, sous une pluie diluvienne.

Son regard est magnétique, dur, impénétrable, presque sévère, il porte un bouc à la Trotski, un bandana et des lunettes fumées dont le design rappelle le modèle en cuir des aviateurs qu'utilisait le champion des années 30, la « locomotive humaine », Learco Guerra, pour se protéger de la poussière et des projections de silex. Son cœur, ses muscles, la forge de ses poumons, tout fusionnait dans une parfaite harmonie et les écarts qu'il prononçait derrière lui se chiffraient en minutes.

Près de neuf minutes pour Ullrich. Un retard éloquent.

« Cette victoire servira aux générations futures à

comprendre qui j'étais », commentera Pantani, sans fausse modestie mais conscient d'avoir œuvré ce jour-là pour la postérité.

En France, plus de cinq millions de téléspectateurs avaient suivi le passage au Galibier, ce qui en faisait l'égal en termes d'audience d'un Schumacher, d'un Ronaldo, d'un Holyfield. Le public redécouvrait un cyclisme d'humeur, anesthésié par le règne insipide et monotone de Miguel Indurain. « Te voir dans le Galibier m'a fait rajeunir de quarante ans ! » s'était enthousiasmé au téléphone le vieux Gino Bartali, diminué par la maladie. Pour Valerio Piccioni, journaliste-écrivain, le Romagnol avait « racheté l'amertume de la Coupe du monde de football » où l'Italie de Maldini s'était fait éliminer sans éclat par la France de Zidane.

Sur les Champs-Elysées, Felice Gimondi, vainqueur du Tour en 1965, lui avait donné l'accolade sans que l'on sache lequel des deux était le plus fier, du Romagnol ou de son prédécesseur, ravi de se prolonger dans le succès de son cadet. Pantani restait fidèle à lui-même, froid et distant mais vrai dans la victoire comme avant lui, Merckx, Anquetil, Hinault, Fignon, allergiques aux grandes effusions populaires, aux familiarités précaires. A Nino Minolitti de la *Gazzetta dello Sport* qui s'étonnait de ne l'avoir pas vu pleurer de joie, il avait dit : « Je ne pleure jamais, sauf quand je me fous du shampoing dans les yeux. »

Sur le Porto Canale de Cesenatico devant dix mille tifosi au comble de l'exaltation, il avait dit son espoir que « tout reste comme avant », ayant déjà compris sur le fil de ses intuitions que le vedettariat serait une source d'empêchement, une atteinte à sa vie privée, une suite d'obligations étouffantes. « J'espère que je pourrai continuer à vivre, à me déplacer avec mes amis, sans être importuné, avait-il commenté. Que cette victoire au Tour ne changera pas profondément ma vie, ni celle de mes proches. »

*

Je relis ici la transcription d'une interview qu'il m'avait accordée en septembre 1997. Il y évoquait son propre rôle dans l'instauration huit mois plus tôt des contrôles sanguins, à l'instigation de ce petit groupe de coureurs dont il faisait partie avec Bugno, Martinello et Fondriest, ce que l'UCI, frappée d'amnésie, oubliera par la suite. Selon lui, les contrôles étaient mal gérés ou orientés, ce qui revenait au même. Dans le Tour qu'il avait achevé à la troisième place, les Telekom (l'équipe de Jan Ullrich) et les Festina (celle de Virenque) n'avaient jamais été contrôlés. « Et pour finir Ullrich gagne devant Virenque et moi je suis le premier des contrôlés, bien maigre satisfaction » avait-il ironisé. C'était un an avant l'affaire Festina et, déjà, il ne craignait pas de s'exposer, de dénoncer les failles du « système » au risque de s'aliéner des sympathies.

Sur ses pratiques dopantes, j'ai peu d'informations.

D'après Pino Roncucci, il en savait déjà long sur le sujet quand il était passé professionnel. Mais ce n'était pas ce cavalier noir, satanisé par la « logique du triomphe à tout prix » dont la presse tracera plus tard le portrait. « Sûrement pas le plus acharné ni le plus audacieux dans ce domaine, loin de là... » soutient Pregnolato.

Comme une pléiade de champions – Argentin, Bugno, Indurain – il avait fréquenté le cabinet de Francesco Conconi soupçonné d'avoir introduit l'EPO[1] dans le monde du sport. « Comment faire autrement ? avait-il objecté devant l'un de ses juges. Chez Carrera c'est lui qui s'occupait du suivi médical. »

A travers les fiches cliniques de Conconi, saisies par la police, on avait appris qu'il présentait un taux hématocrite de 56 % à l'Aprica, dans le Tour d'Italie en 1994. Mais les contrôles sanguins n'existaient pas encore et ces normes étaient communes à sa

1. EPO ou érythropoïétine. Hormone de synthèse qui favorise le transport de l'oxygène vers les muscles.

génération. A Bjarne Rijs, surnommé « Monsieur 60 pour cent », vainqueur du Tour de France en 1996. A Tony Rominger, recordman de l'heure sur la piste de Bordeaux, avec un taux de 57. (En ce temps-là, c'était courant, tous les coureurs finissaient le Giro avec une grande viscosité sanguine », m'avait confié Rempi.)

Pantani, donc, se dopait. Comme les autres.

Selon Rempi : « Pas moins que les autres, mais pas plus. »

Après avoir fait la synthèse des informations qu'il avait pu collecter tout au long de son parcours initiatique, il avait pris d'autres tangentes. Et des voies moins balisées.

Il avait, semble-t-il, consulté un médecin hollandais de San Marin proche de la Juventus.

Plus tard, beaucoup plus tard il s'était rapproché du fameux docteur Eufemiano Fuentes, cible d'une vaste opération policière en 2006.

Mais qui le préparait ?

« Je crois qu'à la fin, il se débrouillait seul », suppose Davide Cassani, selon lequel plus personne ne fut autorisé à rentrer dans sa chambre à partir de 1997.

Là comme ailleurs, il s'ingéniait à brouiller les pistes et se méfiait des préparateurs, mi-médecins, mi-gourous qui maintiennent les coureurs sous haute dépendance médicale à des fins mercantiles. « En comparaison de ces gens, m'avait-il confié, je ne suis qu'un modeste artisan. » Premier aveu, à peine voilé d'une pratique dopante, suivi de cette repartie inattendue dans les détours d'une conversation informelle à Benevento, pendant le Tour d'Italie 2003 face à une poignée de journalistes. « Que croyez-vous ? Je ne suis pas différent des autres. Quand une chose est permise, il est difficile de rester le con de la situation... »

Sur le sujet, il était plus honnête qu'on l'a dit.

Moins pervers qu'on le pense.

A la réflexion, il n'a jamais dit qu'il se dopait, jamais dit non plus, du moins publiquement, qu'il ne s'était jamais dopé.

Il réprouvait aussi le discours démagogique et consensuel des organisateurs, soucieux de rassurer leurs annonceurs. Que le directeur du Tour de France Jean-Marie Leblanc ait pu parler d'un « Tour du renouveau », un an après le cataclysme de l'affaire Festina, le laissait pantois.

« Pourquoi se voiler la face ? Pourquoi mentir au public ? Le dopage existe depuis cent ans, il existera toujours. Ce n'est pas en quelques mois, par des déclarations de principe, affligeantes, qu'on éradiquera le problème... » Des propos servis à froid, à la mesure d'un homme que la vie n'avait pas encore écorché, un homme qui parlait vrai sans se dérober.

L'argent ? Une assurance sur l'avenir.

A l'époque, ce n'est déjà plus un problème. Il en gagne énormément, suffisamment pour s'en détacher, près de 10 milliards de vieilles lires (environ 5,2 millions d'euros) par saison. Et la source n'est pas près de se tarir d'autant qu'il l'a fait fructifier, au sein d'une société d'investissement, la « Sotero SRL » du nom de son grand-père tant aimé (qui lui avait offert pour ses douze ans sa première bicyclette, une Condorino rouge à une vitesse, au prix de 350 000 lires, qu'il lavait tous les soirs, amoureusement dans sa baignoire). Il en a placé dans des opérations de restructurations immobilières, dans l'achat d'appartements, de villas, de fonds commerciaux, de campings et de terrains constructibles sur le front de mer, des « colonies » de rapport pour une valeur de 10 millions d'euros. Et fait l'acquisition d'une parcelle de onze hectares à Sala di Cesenatico de l'autre côté de la SS16 sur laquelle il s'apprêtait à faire bâtir une villa pour lui et ses parents. L'argent l'intéressait si peu qu'il laissait son père gérer ses comptes. « C'est le mètre étalon, l'exacte mesure de ce que tu vaux », m'avait-il répondu un jour. Pour préciser sa pensée, il avait fait mine d'étirer un mètre de charpentier entre ses pouces. « C'est une mesure, pas plus. Dans mon métier, ça permet de savoir ce que les autres sont prêts à investir sur ton nom. Mais l'argent n'a jamais rien eu à voir avec ma vocation. »

C'était clair, pragmatique. L'argent comme instrument d'évaluation. Et non pas comme une sorte d'absolu.

Il aurait pu investir sa fortune dans un quelconque paradis fiscal, s'établir à Monte Carlo comme Mario Cipollini ou en Toscane dans une somptueuse villa du bord de mer, le choix est vaste pour les élus du sport business mais en bon Romagnol, il était resté fidèle à ses racines avec pour seul luxe des voitures, une Porsche Cayenne, une Ferrari qu'il laissait le plus souvent au garage.

*

Le jeune Pantani a une drôle de dégaine, le cheveu rare, le pas hésitant, mal assuré, il peine à séduire les femmes, dans une Romagne où l'homme se plaît à jouer les hommes. Il est surtout phobique de ses oreilles, de son crâne dégarni, il s'est d'ailleurs fait escroquer trois millions de lires par un spécialiste des implantations capillaires. Orlando Maini qui le dirigeait dans le Baby Giro se souvient que sa calvitie le tourmentait : « Il était contrarié de perdre ses cheveux. Après chaque étape, il les imbibait délicatement d'une lotion qui lui coûtait la peau des fesses, c'était devenu un sujet d'anxiété et de conversation. J'avais beau le réconforter, lui dire : "Regarde ton père, lui aussi perd ses cheveux, c'est dans votre nature, tu verras, ça deviendra ta caractéristique, ta force, ton image de marque"... il ne m'écoutait pas. » Dans le milieu esthétisant du cyclisme italien, il dépare mais soigne les apparences, se fait régulièrement épiler les sourcils, manucurer les mains. En 2002, un plasticien lui recolle les oreilles. Il en profite pour se faire rectifier les cloisons nasales « pour mieux respirer », avait-il prétendu, plus vraisemblablement, même si rien ne l'affirme, pour réparer les dégâts causés par la cocaïne. Plus tard encore il se fera tatouer un eye-liner, pour accentuer la profondeur de son regard. Avec le temps, il s'était sculpté une personnalité et semblait s'être affranchi de ses complexes. (« Avec le succès, je suis presque devenu beau, j'ai toutes les femmes autour de moi », s'était-il étonné auprès de Roberto Conti. Mais rien ne répare les blessures de l'enfance. En dépit de son nouveau statut, de sa notoriété grandissante, il ne s'est toujours pas réconcilié avec lui-même, et continue de souffrir de ce que les experts appellent la dysmorphophobie. Il a beau s'être façonné, donné un style, s'être habitué à la disproportion de ses oreilles, quand il se regarde dans la glace, c'est l'adolescent disgracieux qu'il revoit. Sa sexualité est ambiguë. (Selon un camarade de classe, il aurait d'abord été « précoce » et par la suite « plus flou »). « Tu finiras pédé », raille Roberto Pregnolato, son soigneur, quand il le voit enfiler un string après le massage. Il aime se déguiser. S'affuble d'une perruque blonde pour se fondre en toute discrétion dans une randonnée de cyclotouristes, et se travestit aussi, par jeu, bien sûr, pour des soirées entre amis, ou pour aller plaider sa cause, seul, sans l'aide d'un avocat à Lausanne auprès de l'UCI où le personnel d'accueil ne le reconnaît pas.

Il se disait aussi, mais que n'a-t-on pas dit à son sujet, que des carabiniers l'auraient interpellé une nuit, lors d'un contrôle de routine, avec un transformiste dans sa voiture.

L'un de ses proches hasarde : « Marco était avide d'expériences, curieux de tout… »

Vrai ou pas, il évolue au plus près de l'autre sexe et réveille très curieusement en moi l'image de Jacques Anquetil. Nous sommes au début des années 80, dans un restaurant parisien rue de Verneuil. L'ancien champion normand dîne avec Pierre Chany, journaliste à *L'Equipe*. Ils se provoquent, dissertent sur les aléas de l'existence, sur les pesanteurs du grand vedettariat, sur la fuite du temps.

— Je sais que c'est un peu ridicule, coupe Chany mais j'attends que tu me répondes honnêtement. Si tu n'avais pas été ce champion-là, que l'on a connu, sincèrement qui aurais-tu aimé être ?

— Un travelo…

Ce n'était qu'un jeu, bien sûr, qu'un fantasme librement exprimé, une vue de l'esprit, rien de plus mais devant la stupeur de Chany, Anquetil avait cru bon d'ajouter :

— Oui, un travelo ou si tu préfères, une pute, du bois de Boulogne. J'aurais bien aimé me travestir, vivre la nuit, pourquoi ça te choque ?

Anquetil en travelo, ça ouvre des perspectives.

Ça permet d'entrer en empathie avec Pantani, de comprendre son rapport déformé à la vie, son envie de s'émanciper, de se débarrasser de temps à autre du lourd fardeau de sa légende. Je sais qu'il se rêvait parfois dans la peau d'un autre homme, anonyme, en rupture avec son personnage. Je sais qu'il se méfiait de la célébrité comme de la peste, et ne parvenait pas à en jouir totalement, ce qui se conçoit mal si l'on n'a pas vécu soi-même sous la loupe grossissante des médias, dans la traque quadrillée des journalistes qui finissent par vous coller une réputation. Après quoi, soit on se plie à cette image, soit on oblique vers des zones moins franches où votre nom, votre identité, votre visage ne disent rien à personne.

*

COMPTE RENDU DE FORTUNI AU JUGE D'INSTRUCTION PAOLO GENGARELLI

Le 16 février 2004, Giuseppe Fortuni informe par fax le juge Paolo Gengarelli que « le décès peut être daté approximativement autour de dix-sept heures, le 14 février 2004. Le légiste parle d'une intoxication aiguë de cocaïne. En l'état actuel la mort, provoquée par une overdose de cocaïne, est due à un collapsus cardiaque, avec un œdème pulmonaire et une congestion cérébrale ».

« Le corps présentait de petites lésions superficielles, et contusions sur la tête, au genou gauche, à la cheville gauche mais aucune d'entre elles n'est déterminante… »

« En l'état actuel, ajoute-t-il, il n'existe pas d'éléments concrets et objectifs permettant de soutenir l'hypothèse d'un suicide. »

*

De retour à Paris, j'étais tombé par inadvertance sur un ancien document, une photo de Pantani sur laquelle il feint d'embrasser le trophée de sa victoire au Tour d'Italie en 1998. « On m'a demandé d'embrasser la coupe mais je ne suis pas vrai », avait-il rajouté au feutre noir. Comme s'il avait voulu faire écho à ce courant négationniste qu'entretenaient à l'époque certains observateurs aux yeux desquels il n'était qu'un athlète factice, un produit de laboratoire. En écrivant : « Je ne suis pas vrai », il le devient. Et s'affranchit de ses détracteurs. Par cette formule très lapidaire, il cherchait peut-être aussi – comment savoir ? – à dénoncer la pantomime du protocole, et des postures qui codifient la victoire dans le lexique de la presse. Pantani s'en voulait de jouer la comédie, de cautionner un monde d'apparat, régi par l'omerta où la plupart des coureurs se dopent pour mieux gagner leur vie avec l'assentiment des managers. Où les organisateurs se réfugient derrière des statistiques bidon, des contrôles mensongers pour minorer l'étendue du fléau, ses ramifications, et faire accroire que le dopage ne serait que l'affaire d'un petit nombre, de quelques individualités dépravées, viciées par l'appât du gain : l'Anglais Tom Simpson mort, bras en croix, sur les pentes surchauffées du mont Ventoux en juillet 1967 ; le Belge Michel Pollentier pris en flagrant délit, le cuissard sur les chevilles, une poire remplie d'urine sous les aisselles, à l'Alpe-d'Huez en 1978. Sur toutes les photos, quelle que soit la pose qu'il adopte auprès d'un édile, d'un tifosi, au bras de Cristina dans un registre plus intime, Pantani renvoie la même impression : il est sombre, préoccupé et fuit l'objectif, s'en détourne comme s'il craignait de regarder les choses en face. En dépit de sa réussite, il reste hanté par le pressentiment d'un malheur en cours. L'intuition que sa vie sera courte. Me reviennent à l'esprit ces clichés, les derniers de sa vie, aperçus au domicile de Manuela Ronchi en janvier 2004, dont certains feront l'objet d'une publication dans *Novella 2000*, une revue people, bon marché. Sur deux ou trois d'entre eux, il câline le fils de sa manager, le petit Filippo, avec une infinie tendresse. Comme si c'était le sien. Il porte un affreux pull jacquard gris souris en laine épaisse et sa barbe broussailleuse aggrave le dessin de son visage bouffi, prématurément vieilli. Au diapason de son état d'esprit, « Tu sais, j'aimerais être plus vieux de quelques années », m'avait-il confié en août 1999, au lendemain de son exclusion du Giro. Il y était parvenu. Au-delà de son aspect vestimentaire débraillé, il paraissait dix ans plus vieux et ces photos en disaient long sur l'accélération des choses. Pantani n'était plus qu'un homme parmi les hommes, contretype du champion éclatant qui était parvenu six mois auparavant, je ne sais à quel prix, à se classer quatorzième du Tour d'Italie.

*

17 mars 2004. 15 heures
Un mois après le drame.

Je n'avais jamais rencontré Michel Mengozzi ni même aperçu sa photo dans un journal, pourtant, je l'ai tout de suite identifié parmi ces deux inconnus qui s'appliquaient à réaménager le kiosque à piadines des Pantani de la Via Torino. Il portait un blouson d'aviateur bleu pétrole, un jean défraîchi, une paire de baskets bleues et une barbe de trois jours qui accentuait son aspect négligé. Il m'avait accueilli sur la défensive et dans la poignée de main mollassonne qu'il m'avait tendue, dans sa façon de tirer nerveusement sur sa cigarette, j'avais senti qu'il ne goûtait guère ma présence et qu'il avait des choses plus urgentes à faire que de s'entretenir avec un journaliste. Quelques jours plus tôt, j'avais appris incidemment qu'il avait repris la gérance du kiosque, en échange d'un loyer et, je ne sais pourquoi, il éprouva le besoin de se justifier. « Avec Marco, on s'était mis d'accord il y a longtemps, pour que je reprenne ce kiosque. Cela fait longtemps que Tonina est fatiguée des piadines », m'a-t-il dit. Il avait perdu la gestion d'une discothèque et se retrouvait sans travail, déprimé par la mort de Pantani qu'il avait hébergé quelques mois. « Une sale période », lâcha-t-il comme pour lui-même. Le juge l'avait entendu comme « personne informée des faits » dans cette tragédie nationale qui revêtait chez lui un caractère intime.

— Quand j'ai recueilli Marco, je croyais que ça serait l'affaire d'une semaine ou deux, c'est ce que m'avait dit la Ronchi, je ne devais être qu'un point de passage, le temps de trouver une solution et finalement, ça a duré sept mois ! Je ne regrette rien. Quand je fais les choses, je les fais à fond et si je dois prendre un coup de fusil, je le prends. Mais là, si c'était à refaire, je ne le referais pas.

Il avait inspiré une longue bouffée de cigarette et l'avait recrachée en s'absorbant dans les volutes de fumée. Avec Marco, ils s'étaient rencontrés douze ans auparavant au « Controsenso », la discothèque qu'il dirigeait à Forli. Pantani était venu y fêter sa victoire dans le Giro Baby. Ils avaient le même âge, un peu moins de vingt-trois ans. « Mais nous n'étions pas de vrais amis. Je n'étais qu'une connaissance, m'a-t-il dit, comme s'il entendait bien mettre les choses au point. D'ailleurs c'est lui qui recherchait ma compagnie, pas moi, surtout l'été parce que j'avais un offshore de seize mètres dans le port de Cervia. »

Il me raconta, sur un ton évasif, qu'il l'avait emmené à la pêche au gros, en Croatie, avec des amis.

— On passait des journées sur la plage mais après ça, il pouvait disparaître pendant des mois et puis à Noël, il m'envoyait un message, et puis plus rien…

Je fus stupéfait d'apprendre qu'il ignorait tout ou presque de ce qui s'était passé à Madonna di Campiglio, tout comme il ignorait ce que Pantani avait incarné pour des milliers de tifosi, tout au plus imaginait-il qu'il avait « gagné quelques courses ». Et comme je m'en étonnais, il avait marqué une légère hésitation. Un pas de recul. Tonina l'avait prié de ne pas s'épancher dans la presse, il lui avait donné sa parole. « Ecoutez, je n'ai pas envie de rester là à parler de Pantani » trancha-t-il. Il ne me fermait pas la porte mais réclamait du temps. « C'est encore trop tôt pour en parler, dans quatre ou cinq mois peut-être, on verra… » Il m'avait alors salué d'un petit signe de la tête et s'était remis au travail.

*

Elle s'appelait Cristina Jonsson, et elle était danoise.

Etrangère à son métier. Elle avait quitté son pays, sa famille, pour venir gagner sa vie en Italie.

Elle s'intéressait si peu à l'univers du cyclisme qu'un équipier de la Mercatone l'entendra s'étonner au soir du sinistre épisode de Madonna di Campiglio de l'étrange résonance du mot EPO. « Mais qu'est-ce que ça veut dire ? EPO... » Cela faisait trois ans, pourtant, qu'elle partageait le quotidien du champion. C'est Jumbo, le deejay, une relation commune, qui les avait présentés l'un à l'autre durant l'hiver 1995, à l'Énergie, une boîte en vogue de la Riviera. Cristina était cubiste et gagnait sa vie en dansant sur des cubes dans les discothèques de Milano Maritima. Marco lui, ne s'était pas encore débarrassé des séquelles de son terrible accident de Milan-Turin. Quand elle l'avait rejoint à sa table, elle ignorait son histoire, et personne n'aurait osé imaginer que leurs deux univers puissent se conjuguer.

Elle : — Marco qui ?

Lui : — Pantani, Marco Pantani, le cycliste.

Elle : — Les béquilles ?

Lui : — J'ai eu un accident dans Milan-Turin.

Elle : — Milan-Turin ?

Lui : — C'est une course. Je cours à bicyclette.

Qu'elle ne sache rien de lui l'avait séduit et rassuré. Marco voulait qu'on l'apprécie pour lui-même, et pas pour son statut social. Et puis, elle est tout ce qu'il n'est pas. A l'aise dans ses frusques et son époque. Il aime aussi son côté androgyne, mi-femme, mi-garçon, sa façon originale, déstructurée, de s'accoutrer avec des combinaisons de plongée, des guêtres, des bottes militaires, des gilets en laine de berger sans manches. Un jour, elle se teint les cheveux en brun, le lendemain s'affuble d'une crête blonde gominée façon punk. Quand Manola Pantani fit sa connaissance, durant l'été 1997, Cristina se baignait avec un slip d'homme de coton blanc à poche kangourou. « Elle s'habillait avec des tenues extravagantes tout en conservant son visage de jeune fille sage et quand elle dansait, c'était avec des mouvements, des postures bien à elle. Ça ne ressemblait pas à de la chorégraphie, c'était autre chose. Comme on dit, elle dégageait... » Pour la séduire, au départ d'un Grand Prix d'Imola de Formule Un, il ose aborder l'actrice danoise Brigitte Nielsen afin qu'elle pianote un sms dans sa langue natale à l'intention de Cristina. Par amour, elle l'accompagne en maillot et cuissard devant les photographes, après sa longue convalescence, dans sa première sortie à bicyclette autour de Cesenatico. Elle renonce aussi à son métier. Travaille de midi à trois heures du matin au kiosque à piadines que tient la famille Pantani. Le père Paolo y a tendu une banderole disant : « C'est avec les piadines et les crescioni qu'on fait les champions. » Cristina gagne trois millions de vieilles lires par mois sous l'étroite surveillance de Mamma Tonina. Pantani pesait alors quelque chose comme dix milliards de lires à l'année.

*

Printemps 2004
Tonina, au bout du fil, est désespérée.

Dans la matinée, Paolo Gengarelli lui a communiqué par téléphone les résultats de l'autopsie. « Il est mort par overdose, aucun doute là-dessus », a précisé le juge, d'emblée, avant de lui relater les dernières heures de son fils telles que la police les avait reconstituées. Le 14 février, jour de sa mort, à dix heures trente, Marco avait donc appelé la réception. Il ne se sentait pas bien et voulait qu'on fasse venir les carabiniers. En l'absence du propriétaire, la réceptionniste, une jeune femme prénommée Lucia, avait envoyé la femme de chambre se renseigner, avant de se rendre elle-même au cinquième étage où elle avait frappé à la porte de la chambre D5. N'obtenant pas de réponse, elle avait tenté de pénétrer dans la chambre à l'aide d'un passe avant d'y renoncer car la porte était obstruée de l'intérieur… Selon Gengarelli, Pantani était bien mort des suites d'une overdose, ce n'était pas contestable, d'ailleurs ils avaient trouvé de la cocaïne dans son estomac ainsi qu'une étrange mixture près du corps qu'il avait probablement mastiquée et rejetée en tombant. Tout en me rapportant ce qu'elle avait appris, Tonina observait de longs silences. Je sentais par empathie qu'elle se retenait de me dire : « Mais vous croyez, vous aussi, que c'est possible une chose pareille ? Qu'il en était arrivé à cette extrémité ? A ce degré de folie ? » Je sens qu'elle ne croit pas au mythe du cocaïnomane, mort dans une chambre sordide qu'elle ne croira jamais, à cette version de ce fils perdu flirtant avec Satan. Que Marco ait pu manger de la cocaïne était et reste inconciliable avec l'idée qu'elle se fait de son enfant. Elle avait repéré, disait-elle, à la morgue, des marques très nettes derrière l'oreille gauche, au niveau des veines jugulaires, de petites excroissances de chair noire en forme de triangle, des « sortes d'onglets » qui laissaient penser qu'on l'avait obligé à courber la tête pour lui faire avaler cette « étrange mixture » dont lui avait parlé le juge. Qui pouvait jurer du contraire ? « C'est tout de même étrange, avouez-le. Il dévaste sa chambre, arrache les meubles de la salle de bains et sur ses mains, il n'avait pas une seule griffure ? Pas la moindre tache ni éraflure ?... » La police, le juge, le médecin légiste n'ayant fait aucune allusion à ces marques qu'elle disait avoir vues derrière l'oreille, je restais sceptique. Pouvais-je lui faire confiance ?

Ne les avait-elle pas inventées de toutes pièces, ces marques, parce qu'à tout prendre la possibilité d'un meurtre était préférable à cette mort misérable, scabreuse et pathétique qui lui inspirait plus de honte et de dégoût que de commisération ? En même temps, et sur ce point elle avait raison, pourquoi la réceptionniste n'avait-elle pas appelé les carabiniers ? Comment expliquer qu'en ces instants tragiques, le propriétaire avait délégué ses responsabilités à des employés alors qu'il se trouvait à Rimini ? A l'autre bout du fil, Tonina me posait plus de questions qu'elle n'apportait de réponses. « Je connaissais Marco mieux que personne, a-t-elle repris, au sortir d'un nouveau et long silence. Quand il était en crise, c'est lui qui appelait les carabiniers, je sais qu'il l'avait déjà fait… » Le juge cependant n'en démordait pas. Pantani n'était plus qu'un toxicomane, cerné par une poignée de dealers quand il est mort. « Dans les dernières semaines de sa vie, lui avait-il rappelé, votre fils frayait avec des personnages bien mal intentionnés, les pires personnes au monde. »

*

Deux mois plus tard, Giuseppe Fortuni me reçoit à son domicile de Bologne. Il porte un complet trois-pièces en flanelle, une cravate bleue, des chaussures en daim rehaussées d'une fine boucle dorée. Ce qui frappe c'est le soin qu'il apporte à sa personne. Ses vêtements sont de bonne coupe, sa barbe finement taillée, sa coiffure ordonnée, il est courtois, son langage est précis, châtié, modelé par la pratique de son métier. Plongé dans la pénombre, son appartement festonné de velours est à son image : raffiné. A cinquante et un ans, ce professeur de déontologie est un « barone », un ponte de la médecine légale dont la réputation s'appuie sur des réseaux sociaux. Trente ans de pratique l'ont confronté à des affaires délicates : le monstre de Florence, le crash d'un avion militaire sur une école de Casalecchio di Reno, l'attentat terroriste de la gare de Bologne. Il a vu 30 000 morts, me dit-il, rédigé 15 000 autopsies. Dix ans auparavant, par un curieux hasard professionnel, il avait pratiqué celle du Brésilien Ayrton Senna, l'icône du sport automobile, décédé à l'hôpital de Bologne au soir du Grand Prix d'Imola. Senna, personnage solaire, victime en Mondiovision d'une rupture mécanique. Pantani, champion du bitume lui aussi, doublé par son époque, mort dans la clandestinité. Autant la mort de Senna était facile à expliquer, autant celle de Pantani pose problème, même si le légiste, tenu par le secret professionnel, ne l'avouera jamais, pour ne pas désavouer les enquêteurs.

— Mourir de cocaïne en l'inhalant, c'est quasi impossible, me dit-il en se servant du café, c'est déjà arrivé avec des *body packers*, quand les gélules de cocaïne éclatent à l'intérieur de l'estomac. Là, je ne sais pas, il n'y avait aucune trace de piqûre.

Pour mieux cerner la scène du drame, il s'était penché sur les écrits de Pantani, un poème sur le « conditionnement » des individus, écrit en boucle au feutre noir, autour de l'appareil à air conditionné. « Appareil à air conditionné-conditionnement, il y avait sûrement un rapport », marmonna-t-il. Un graphologue les avait étudiés, à sa demande. Rien de concret.

— Ces écrits seraient le fait d'un être paranoïaque qui cherche à dénoncer un complot, soupira-t-il mais au fond qui sait si c'était vraiment l'écriture de Pantani ?

Le désordre de la chambre le laissait perplexe.

— Le lavabo, les w.c. étaient descellés, le miroir brisé, tous les meubles renversés, le matelas tailladé en deux, la laine extirpée. Il avait démonté tout ce qu'il pouvait démonter, ouvert les gaines en plastique de l'appareil à air conditionné, pour moi, il devait chercher un micro, croire qu'on l'espionnait.

Il s'était tourné vers moi :

— Vous savez qu'il avait appelé la réception ?

Je savais, oui, qu'il avait appelé deux fois, à quelques minutes d'intervalle, pour réclamer l'aide des carabiniers, et qu'il avait brisé les tuyauteries, le lavabo, détruit le divan, et personne ne l'avait entendu.

— Ce n'est pas si surprenant, avait-il rétorqué.

Si l'on excepte un joueur de basket qui habitait la chambre voisine mais qui n'était pas souvent là, il était seul à l'étage.

On remâchait toutes ces questions quand l'un de ses auxiliaires, Enrico Rossini, venu nous rejoindre, fit une remarque intéressante : Pantani avait entortillé le câble de la télévision sur un montant de la mezzanine dans une position qui n'était pas « explicable ».

— La première idée qui vient à l'esprit c'est qu'il a peut-être cherché à s'étrangler... avait hasardé Rossini.

Tous ces indices allaient dans le même sens. Fortuni, pour autant, repoussait la thèse du suicide :

— C'est vrai qu'on a trouvé une grande quantité de cocaïne dans l'œsophage. Six fois la dose létale. Mais on ne se tue pas avec de la cocaïne. La cocaïne donne un sentiment d'omnipotence, pas le sentiment qu'on peut mourir avec, quand bien même en aurait-il mangé à la cuiller.

Il s'était interrompu, le temps de reposer sa tasse de café et de rassembler ses idées.

— Je crois d'autant moins au suicide, qu'il faut avoir un vrai projet pour se tuer...

Il s'était tourné vers Rossini, en quête d'une approbation.

— Si l'on s'en tient à l'état de la chambre, il avait perdu tout sens critique, dans ce cas, il est difficile de croire qu'il ait pu nourrir le projet de se tuer, avait enchaîné son adjoint… et puis, si l'on réfléchit, il avait d'autres instruments plus utiles à sa portée, les psychotropes que lui avait prescrits son psychiatre auraient pu tranquillement le faire passer du sommeil à trépas…

Cette affirmation démentait l'expertise du docteur Francesco Toni selon lequel les médicaments retrouvés dans la chambre n'étaient que de simples tranquillisants « de ceux qui font dormir, pas mourir ». Mais je n'avais pas jugé utile d'épiloguer. Je préférais fouiller d'autres pistes. Quelqu'un, une tierce personne, aurait-il pu l'obliger à manger de la cocaïne ?

— Tout est possible, ça s'est déjà vu, avait coupé Fortuni. On lui fourre de la cocaïne dans la bouche, on l'oblige à boire de l'eau et le tour est joué… Même des suppositoires pendant qu'il dormait, au fond pourquoi pas, on ne peut pas l'exclure.

Les questions se bousculaient, insidieuses. Il les accueillait sans réserve.

— Un acte de coercition sur un type comme Pantani, j'en doute un peu. Il avait encore toute sa force… Il aurait fallu qu'il soit dans un état d'inconscience prononcé, mais cela aurait laissé des traces, des marques de défense, de quelqu'un qui s'agrippe, une défense active or, il n'y avait rien… aucun signe de traumatisme, pas de traces sur les os de la tête, aucun choc, non, que des lésions superficielles, des petites excoriations sur la jambe, une au genou, de la grosseur d'une brûlure de cigarette, comme s'il s'était cogné, rien de plus…

Le sang sur le sol ?

— La valeur d'une tasse à café tout au plus. Sur un tapis, on aurait presque rien vu, la laine aurait tout absorbé.

Il me raconta qu'il avait examiné les résidus du repas asiatique retrouvé sur le dessus d'une corbeille sans pouvoir en tirer un supplément d'appréciation.

— C'était probablement de la nourriture chinoise comme on en trouve dans un fast-food. Quelqu'un a dû essuyer le fond des emballages avec du pain, il ne restait qu'une espèce de crème homogène mais pas de fibre, rien d'abondant, je ne peux même pas dire si Pantani en avait mangé, quand je l'ai autopsié, son estomac avait déjà tout digéré.

Mais il y avait là, convenait-il, un « vrai mystère ».

2

Sala di Cesenatico
17 mars 2004.

La famille Pantani habite à Sala di Cesenatico, à vingt-cinq kilomètres de Rimini et de la République de San Marin, le plus vieil Etat au monde. Ce n'est déjà plus la mer. Pas tout à fait la campagne. Une lande de terre imprécise, marécageuse, défigurée par l'urbanisme, qui s'étend comme elle peut, au-delà de l'échangeur de la Via Emilia, ce grand axe routier encombré de camions, qui dessert en parallèle de la SS16 (la « Statale » comme ils disent), les stations balnéaires de l'Adriatique, avant de bifurquer vers Bologne. Dans cette région de petites agglomérations, toutes les maisons se ressemblent. Celle de Pantani arborée par onze hectares n'échappe pas à la règle. Elle est seulement un peu plus grande, et protégée par un mur d'enceinte, un portail automatique et un système vidéo haute sécurité. Sur le portique en pierre, une tache noire : l'imposante boîte aux lettres qui servait de consigne à ses dealers. La bâtisse est d'un seul tenant mais elle abrite deux appartements, celui des parents dans l'aile gauche, et dans l'aile opposée, ceux de Marco, organisés sur deux étages, reliés par un escalier en colimaçon, avec un immense salon au rez-de-chaussée, agrémenté d'un canapé en cuir, d'une cheminée en marbre blanc sur laquelle reposent ses principaux trophées. C'est Manola, sa sœur, qui m'ouvre la porte, et m'entraîne dans un escalier abrupt qui conduit au salon du sous-sol, en partie aveugle. J'y retrouve ses parents et Manuela Ronchi, plongés dans une semi-obscurité que vient adoucir la pâle lumière d'un abat-jour. Enfoncée dans un divan de cuir, défigurée par le chagrin et le manque de sommeil, Tonina a les yeux gonflés et le teint anémié. Je ne l'ai plus revue depuis les obsèques. Dans l'église, égarée par la douleur, elle avait chassé les journalistes, les cameramen et les photographes pendant la veillée funèbre. « Qu'ils sortent ! Je ne veux pas les voir ! C'est vous qui l'avez tué ! » avait-elle crié, en les pointant du doigt. L'écho de ses suppliques me glace encore les sangs mais elle ne sait plus si elle doit se révolter ou s'apitoyer sur elle-même. Pour elle aussi, la vie s'est arrêtée le 5 juin 1999. Ce jour-là, elle roulait en direction de Madonna di Campiglio quand elle apprit par la radio que Marco venait d'être exclu du Tour d'Italie[1]. Depuis, elle vit dans une semi-réclusion, ne sortant que par nécessité, avec la peur de ranimer chez ses voisins ces jalousies recuites que la notoriété suscite. Elle porte au poignet droit, comme un dernier lien de sang, le bracelet que la police a retrouvé sur le cadavre de son fils. Le père a gardé la montre. Son crâne est rasé, par mimétisme, dans une tentative attendrissante d'apparentement même si cela fait quelque temps déjà, depuis son service militaire, que Paolo a perdu ses cheveux. La soirée durant, il restera stoïque sur une chaise, perdu dans ses pensées, ne quittant son état de prostration que par intermittence, pour nuancer, éclairer d'une précision utile les propos de sa femme qui s'empêtrait dans cet entêtement sublime mais pathétique à vouloir désigner un coupable. Sans poser au préalable la question de savoir si ce fils tant aimé n'était pas responsable de ce qui lui était arrivé. Manola, elle, l'avait vu s'aigrir et marginaliser sans pouvoir l'aider. Elle s'inventait toutes sortes de prétextes, un CD, un pull oublié, pour aller faire un brin de ménage dans ses appartements qu'il n'habitait qu'à l'occasion. De temps à autre, elle découvrait des indices : une bouteille servant à fumer du crack. Des

1. Le 5 juin 1999 Marco Pantani fut exclu du Tour d'Italie à Madonna di Campiglio après un contrôle « non conforme » de son taux hématocrite, suggérant qu'il s'était dopé à l'EPO. Tout coureur qui présentait un taux supérieur à 50 (son taux était alors de 52) encourait une suspension de 15 jours.

réflexions gribouillées sur les murs (« J'ai peur de moi », « Je me sens un perdant » « Le pouvoir détruit l'amour »). « Marco avait toutes les raisons de se sentir persécuté », avait renchéri Manola, qui conservait en mémoire la visite impromptue de deux inconnus, venus contrôler son frère (« Ils étaient entrés dans le salon, sans se présenter, et lui avaient réclamé ses papiers »). Elle ignorait qu'il s'agissait de deux inspecteurs de l'UCI mais l'insolite de la situation l'avait heurtée.

Un autre matin, elle l'avait surpris avec un homme de forte corpulence à la voix grave, Giancarlo Cerruti, le président de la Fédération italienne, venu négocier un impossible accord. Cerruti suppliait son frère de faire son mea culpa, d'avouer qu'il s'était bien dopé à Madonna di Campiglio, en échange, il le laisserait tranquille mais Marco résistait. Ce n'était pas un homme de chapelle, de ralliement.

— Jamais je n'avouerai ! Ja-mais, vous m'entendez ? Et vous savez pourquoi ! Vous le savez autant que moi. Parce que j'étais dans les normes et qu'on m'a tendu un piège...

Il n'était plus le champion adulé des podiums, encensé par la presse, divinisé par les directs télévisés mais un citoyen comme les autres, vulnérable, qui pouvait se retrouver acculé à décliner sans préavis son identité à deux inconnus sur son pas-de-porte. Il aurait pu s'en prendre à ceux qui l'avaient mal conseillé. En avançant la thèse d'une conjuration à Madonna di Campiglio ses proches avaient actionné le bras de la justice et mis en marche un effroyable engrenage qui s'était retourné contre lui au nom d'une logique d'information implacable et cruelle. « Il aurait fallu prendre un grand avocat, très célèbre. Celui de la Juventus. Mais personne n'a voulu m'écouter », avait coupé Manuela Ronchi qui rapporta comment le patron de la Mercatone, Romano Cenni, l'avait rembarrée. « Vous savez ce qu'il m'a dit ? j'ai deux avocats, je les paie à l'année, c'est eux qu'on va prendre. En foi de quoi on s'est aperçus que ses fameux avocats n'étaient pas armés pour affronter les problèmes du dopage. » L'affaire touchant un domaine inexploré du Code civil, elle ménageait des vides, des défauts de procédure dans lesquels un maître du barreau aurait pu aisément s'engouffrer. « Mais eux n'ont rien trouvé de mieux que de réclamer une recherche ADN sur ses échantillons ! pouffa-t-elle. Et pour démontrer quoi ? On savait bien que c'était son sang. S'il y avait eu manipulation, c'était après le prélèvement, pendant le transport des échantillons à l'hôpital de Côme. Après, bien sûr ! Pas avant. »

Ce que je comprenais, c'est que là où Pantani aurait dû mener en personne un long combat juridique pour défendre son honneur, il avait laissé des tiers diriger la manœuvre et c'était dans la presse qu'il découvrait la nullité de leur stratégie. Alors, progressivement, il s'était assombri, pour devenir cet être insaisissable, tourmenté, un concentré d'angoisse dont on peut légitimement se demander s'il est mort de son métier, d'une lointaine déflagration de Madonna di Campiglio, d'une dérive médicamenteuse ou d'un amalgame de choses sans lien direct qui, ajoutées les unes aux autres, avaient fini par le conduire à sa chute, visage tuméfié tourné vers le sol. K.O. pour le compte, « tué dans les reflets d'une société malade », comme l'écrira l'un de ses tifosi, sur l'un des murs de la Résidence Le Rose.

— Je ne sais pas ce qui s'est passé à Madonna mais je saurai la vérité, avait grommelé Tonina. Je paierai s'il le faut mais je saurai, parce que c'est là qu'il est tombé dans la honte, et il en est mort.

Depuis le drame, elle relisait jusqu'à épuisement des archives. Elle se nourrissait de tous les détails du 5 juin 1999, cherchait à démonter les mécanismes politiques du milieu cycliste, renouant ainsi au-delà de sa mort un autre type de relation avec son fils. Ce soir-là, elle était passée par des phases de colère, d'indignation et d'abattement pour finalement convenir que son Marco avait pâti de ses « mauvaises fréquentations », terme qui englobait des amis d'enfance, des gens de Cesenatico, un carrossier, un ancien videur mais aussi un concessionnaire de voitures de la région, qui l'aurait entraîné dans des soirées libertines. « C'est lui, j'en suis convaincue qui lui a donné le premier de la cocaïne. » Plus tard, ce sera Cristina, l'ange noir, au motif qu'elle se droguait quand il l'avait connue et savait forcément « doser » la cocaïne. « En tout cas, il a bien fallu que quelqu'un lui en donne, non ? avait renchéri Tonina, que quelqu'un lui apprenne comment faire… »

*

Avril 1999
A quelques jours du Tour d'Italie.

Je l'avais retrouvé dans un hôtel de Torbole, près de Riva del Garda, au soir d'une étape du Tour du Trentin. Marco était assis en tailleur sur son lit, sa chambre plongée dans la pénombre. Avec son crâne rasé, ses longs bras maigres aux fines attaches, il faisait penser à un bonze tibétain. Le Tour d'Italie approchait mais son esprit était ailleurs, troublé par ce qu'il venait d'apprendre. De nombreux coureurs bénéficiaient d'une dérogation thérapeutique les autorisant à courir avec un taux hématocrite supérieur au seuil autorisé. « Si l'UCI accepte que certains d'entre nous courent avec un taux de 52, c'est donc que ce taux n'est pas dangereux, m'avait-il interpellé, alors pourquoi ce seuil de 50 sur lequel on s'était mis d'accord ? » Le système était poreux. Et l'ingérence des juges l'inquiétait plus encore. Depuis l'affaire Festina un nouveau moralisme faisait rage. Le sport cycliste n'était plus cet îlot juridique coupé de toute interférence sociale qui s'administrait en vase clos. Mais un champ d'investigation pour la magistrature. En février, six coureurs avaient été interpellés au Trophée de Laigueglia. Lui-même ne se sentait pas à l'abri d'une opération coup de poing à la « limite de la légalité » qui le prendrait pour cible. « Jamais je n'accepterai qu'au nom de la lutte antidopage on fouille dans mes tiroirs ou dans mon ordinateur, ou pire encore que la police viole mon intimité et celle de mes parents, me dit-il sur un ton plein de morgue. C'est bien simple, j'ai tellement peur d'être manipulé que je n'emporte plus rien de privé sur moi, pas même une photo de ma fiancée. Je n'aurais pas forcément envie qu'elle tombe dans les mains d'un policier. » Il était descendu prestement de son lit. « Regarde, m'avait-il lancé en ouvrant sa valise, tu vois, elle est vide, ou presque. A part quelques maillots, deux ou trois livres, je n'ai rien, plus rien, à la limite, je ne suis plus personne... » Derrière l'ironie, je sentais poindre la force de ses ressentiments avec une tendance pernicieuse à mêler l'intime à ses révoltes, et une incapacité foncière à compartimenter vie privée et vie professionnelle.

Il m'avait interpellé sur ce qui deviendrait son credo, ce qu'il ne cessera de dénoncer, l'inégalité de traitement entre les sports sous tutelle – le football, le tennis, la formule 1 – soutenus par les politiques et les autres, abandonnés à eux-mêmes. « J'en arrive à penser qu'on aurait mieux fait de ne pas donner notre sang. J'ai cru que cela servirait notre cause mais ces foutus contrôles sont si peu fiables qu'ils ne nous ont préservés ni des rumeurs, ni des médisances. »

Sautant d'un sujet à l'autre, il s'était emparé d'un journal et m'avait lu à voix haute les résultats d'un sondage déprimant qui m'apparaît avec le recul terriblement d'actualité. « Selon un expert, cinquante pour cent des coureurs rencontreraient des problèmes de toxicomanie après avoir raccroché ! » Il me fixait maintenant droit dans les yeux. « Tu vois, c'est comme ça qu'ils nous voient. Comme de futurs drogués ! »

*

Tour d'Italie
21 mai 1999.

C'est à reculons dans un climat polémique, qu'il avait pris le départ du Tour d'Italie à Agrigente où les coureurs avaient appris à la veille du prologue qu'ils devraient se soumettre à deux types de contrôle. Aux contrôles de l'UCI s'ajoutaient ceux du CONI[1] dans

1. CONI : Comité olympique national italien.

le cadre d'une campagne de prévention : « Je ne risque pas ma santé ». La mauvaise humeur s'était installée dans le peloton. A Foggia, ses pairs l'avaient tenu éveillé une partie de la nuit afin qu'il mène le front du refus. (« Quand tu parles, tout le monde t'écoute, toi seul peux nous défendre » invoquaient-ils, sans lui laisser le choix.) Ses proches avaient beau lui conseiller de « rester en dehors de tout ça » (son directeur sportif, Giuseppe Martinelli, redoutant par-dessus tout l'amalgame manichéen Pantani = syndicaliste = adversaire de la lutte antidopage = dopé), il ne les écoutait pas. La raison aurait pourtant voulu qu'il s'abstienne de tout engagement mais les revendications de ses pairs épousaient ses propres indignations. Il était pour les contrôles, mais pas au point de se transformer en cobaye. Invité au « Processo alla Tappa » – l'émission-culte de la Rai – il avait plaidé devant plus de cinq millions de téléspectateurs, pour un boycott des contrôles du CONI qu'il jugeait démagogiques. « Nous sommes déjà contrôlés par l'UCI, pourquoi en rajouter ? » avait-il lancé... Ennuie-t-on Ronaldo dans son vestiaire ? Schumacher au matin d'un Grand Prix ? Mais très vite, les choses s'étaient gâtées. Entré en dissidence, le groupe Mapei fit savoir que tous ses coureurs accepteraient de se soumettre aux contrôles du CONI. « Tout ce qui peut aider à lutter contre le dopage est bon pour le cyclisme » avait argumenté le champion d'Italie Andrea Tafi, pris à partie le lendemain par Mario

Cipollini et Marco Pantani, qui lui reprochèrent d'avoir trahi son camp et de n'être qu'un piètre exécutant, inféodé à son employeur. Le litige change alors de nature. Il oppose désormais Marco Pantani au tout-puissant dottore Giorgio Squinzi, le patron de la Mapei, parrain financier de la Fédération du cyclisme italien, donc juge et partie. Un personnage cynique, omnipotent, débordant de contradictions. Qui se désigne comme le paladin de la lutte antidopage mais laisse ses meilleurs coureurs aux mains du préparateur italien Michele Ferrari, l'un des grands partisans de l'EPO. Qui estime qu'on ne peut plus gagner un grand Tour sans se doper mais recrute, un an plus tard, Stefano Garzelli, le vainqueur du Giro, après avoir essuyé un refus de Marco Pantani, auquel il était prêt à offrir 15 milliards de lires pour qu'il porte ses couleurs. Squinzi s'était-il senti personnellement offensé ? Toujours est-il qu'il s'ingénia à jeter l'opprobre sur Pantani en l'accusant publiquement d'« avoir peur des contrôles ». Et pourtant que prêchait Pantani ? Si ce n'est l'instauration d'un régime antidopage égalitaire en plus démocratique. Que réclamait-il ? Sinon un minimum de compréhension pour les coureurs, ses frères d'armes, prolétaires de l'effort dont il se sentait si proche bien qu'aucun d'eux n'ait pris sa défense quand il s'est fait exclure du Giro.

*

Tour d'Italie
Douzième étape. Cesenatico.

Les premières rumeurs commencèrent à circuler à Cesenatico où le Tour d'Italie faisait étape. On disait qu'il avait passé la nuit dans sa villa plutôt qu'à l'hôtel des Mercatone, investi à sept heures du matin par des inspecteurs médicaux de l'UCI venus effectuer un contrôle inopiné. Prévenu par téléphone, Pantani aurait alors rejoint l'hôtel en scooter, vingt minutes après les délais prescrits. Plusieurs témoins accréditeront cette version : les parents du champion qui certifient avoir passé la soirée chez eux, avec leur fils ; le docteur des Mercatone, Roberto Rempi qui avait craint que « l'affaire tourne mal et s'envenime » ; l'inspecteur de l'UCI, Antonio Coccioni, qui avait vu Marco Pantani « arriver de l'extérieur ». Giuseppe Martinelli soutient le contraire. Pantani avait certes regagné son domicile dans la soirée mais, pris de remords, il était allé le rechercher et l'avait reconduit en voiture à l'hôtel. « Je ne trouvais pas juste qu'il ne soit pas à table avec ses équipiers alors qu'on était là pour gagner le Tour d'Italie », m'a-t-il expliqué. Quant à son retard au contrôle ? Marco se serait tout bonnement trompé d'étage. Avait-il été oui ou non contrôlé ce matin-là ? Gracié au bénéfice du doute ? Les inspecteurs lui avaient-ils dressé un constat de carence comme l'imposaient les règlements ? « Je n'ai pas su la fin de l'histoire mais il y avait des rumeurs », se souvient le directeur du Giro, Carmine Castellano qui n'avait pas cherché à approfondir, jugeant que ça n'entrait pas dans son domaine de responsabilité.

Quelques jours plus tard, Marco Pantani était parvenu à remonter quarante-neuf adversaires sur les douze kilomètres du sanctuaire d'Oropa, après avoir subi un saut de chaîne au pied de la montée ! Et il avait gagné l'étape, le maillot rose sur les épaules, dans un concert de klaxons assourdissant et devant plus de quarante mille supporters fanatisés, qui l'avaient vu dépasser Jalabert en trombe et sans un regard, à deux kilomètres du sommet « comme si le Français n'existait pas ! » s'était exclamé Castellano. Le Pirate était à son apogée. Tout lui semblait acquis jusqu'à sa place au panthéon de l'histoire. Quand il passait, arc-bouté sur sa machine, tête rétractée dans les épaules, les mains vissées au bas du guidon, dans cette posture féline et singulière du pistard à l'amorce du dernier tour, une onde de silence se propageait dans son sillage. L'instant relevait du sacré. Il suffisait qu'il paraisse pour que la magie opère, rehaussée par ce rituel qu'il avait instauré à travers ses bandanas dont la couleur variait au gré de ses velléités : jaune pour les étapes de plaine ou de transition, noir quand il se sentait d'humeur querelleuse, alors les tifosi se tenaient prêts car il avait en outre pris ce pli orgueilleux de s'en débarrasser au moment d'attaquer.

*

Tour d'Italie
Vendredi 4 juin 1999
Madonna di Campiglio.

A vingt et une heures, Pantani avait pris place à la table commune des Mercatone au restaurant de l'Hotel Touring où le directeur de la *Gazzetta dello Sport*, Candido Cannavo, l'avait rejoint. Il ne restait plus que deux étapes dont celle de l'Aprica et son avance au général était confortable, presque abyssale : 5'38'' sur Paolo Savoldelli, 6'12'' sur Ivan Gotti, les deux leaders de la Saeco qui avalaient leur dessert à la table voisine. Assurés de la victoire, ses équipiers avaient déjà fait leurs comptes : un vrai pactole leur était promis. Entre 30 et 35 millions de vieilles lires chacun. Vers la fin du dîner, Cannavo avait évoqué « l'après-Giro » et son implication dans l'association caritative « Gino et Teresa Strada Emergency » engagée dans une lutte contre les mines antipersonnel, à laquelle le directeur de la *Gazzetta dello Sport* souhaitait que

Pantani prêtât son concours. L'ayant assuré de son soutien, Pantani s'était-il senti couvert ipso facto par une sorte de pacte scélérat ? Par des protections occultes ? En avait-il déduit que personne, quoi qu'il puisse faire, ne se hasarderait à le disqualifier, au risque de mettre en péril les enjeux commerciaux du Tour d'Italie ? Un confrère : « Quand on l'avait soupçonné un an auparavant d'avoir substitué ses éprouvettes à celles d'un équipier [1], il n'y avait pas eu d'enquête ceci expliquant peut-être cela... » Quoi qu'il en soit, ceux qui l'approchèrent ce soir-là restèrent frappés par son air sombre et renfrogné. Pantani ne renvoyait pas l'image d'un être arrogant, supérieur, triomphant et protégé des dieux. Sans mauvais jeu de mots, il n'était pas dans son assiette. « Pas comme il aurait dû l'être à deux jours de l'arrivée à Milan avec le maillot rose sur les épaules, d'ailleurs, il avait refusé sa viande et mangé uniquement le riz blanc comme s'il se méfiait de ce qu'on lui servait... » témoignera le propriétaire de l'Hotel Touring.

A vingt-deux heures, il avait regagné sa chambre, la numéro 27, sans balcon, à l'angle du deuxième étage où des membres du staff technique de la

1. Dans le Tour d'Italie 1998 les responsables de la Mercatone furent soupçonnés d'avoir échangé les éprouvettes de Pantani avec celles de son équipier Forconi, lors du contrôle antidopage à Lugano, ce qui ne pouvait se faire qu'avec la complicité des inspecteurs de l'UCI.

Mercatone Uno étaient venus, dans l'après-midi, installer des home-trainers et des pèse-personne dans le couloir. Les contrôleurs de l'UCI étaient déjà sur place. Des témoins les avaient vus débarquer à l'Hôtel Majestic à l'autre bout de la station. Une demi-heure plus tard, Roberto Pregnolato, son soigneur, était venu lui proposer comme chaque soir des somnifères et comme chaque soir, avant de refermer la porte, s'était inquiété de savoir si tout était en ordre, « a posto ». Sans attendre de réponse. Les soins (terme générique englobant le dopage, les apports en vitamines, les perfusions de glucose, etc.) ressortissaient chez Pantani au domaine privé. Pregnolato : « Il était très pudique sur ce sujet et n'en parlait jamais concrètement. On avait des codes, des mimiques. Dans le doute, il esquissait une grimace, dans le cas contraire il exagérait son sourire à la manière d'un clown. La plupart du temps, il ne répondait rien. »

Ce soir-là, il avait souri.

Puis son père était venu échanger quelques mots. Pas très longtemps. (Pregnolato : « Ces deux-là ne se parlaient jamais beaucoup. ») Minuit approchait. Dans le hall de l'Hotel Touring, Roberto Rempi et Andrea Agostini s'apprêtaient à se rendre dans un pub à l'invitation de la RCS *Gazzetta dello Sport* pour y fêter la fin du Tour d'Italie avec l'ensemble des partenaires, sponsors, managers, directeurs sportifs et VIP du grand barnum publicitaire.

Manuela Ronchi sa nouvelle manager – Milanaise 34 ans, brune intelligente – était là, elle aussi. Elle arrivait de Milan en voiture, avec dans son coffre les panoplies de flibustiers et de pirates que les équipiers de la Mercatone Uno avaient prévu d'endosser à Milan, pour célébrer le triomphe de leur leader.

*

Samedi 5 juin 1999.

Il était sept heures quinze, quand l'inspecteur médical Mario Spinelli avait tambouriné sur la porte de Pantani en l'enjoignant de se présenter au plus vite dans la chambre d'en face, celle de Martinelli où par commodité s'effectueraient les prises de sang. Spinelli était accompagné de Michele Partenope et Eugenio Sala, ses confrères de l'hôpital Sant'Anna de Côme, délégués par l'UCI pour effectuer les contrôles. N'ayant pas de temps à perdre, ils chargèrent le médecin de la Mercatone, Roberto Rempi, d'aller réveiller le coureur Marco Velo, lui aussi requis pour le contrôle pendant que dans la chambre 27, Pregnolato pressait Pantani de se lever. « Dépêche-toi, ils n'ont pas l'air de vouloir faire traîner les choses », insistait le soigneur, intrigué par la présence de deux hommes en civil devant sa porte, et devant celle de Pantani.

Par la suite, Pantani évoquera un contexte délétère de défiance réciproque entâché par des anomalies. Dans sa précipitation à mener la procédure, Partenope ne lui avait pas laissé le soin de choisir son éprouvette. Après avoir effectué le prélèvement, il avait remis l'échantillon à son confrère Sala qui l'avait étiqueté avec un numéro de code avant de l'agiter sous les yeux de Pantani. « Regardez-le bien. Vérifiez bien ce qui est écrit dessus. C'est bien votre numéro ? » avait insisté Sala qui tenait à ce que Pantani s'assurât que le numéro inscrit sur l'éprouvette concordait avec celui de sa fiche. « Vous avez bien vu ? avait-il réitéré. Je ne veux pas qu'après il y ait contestation... » Pantani avait alors vu Partenope fourrer l'éprouvette dans sa poche et non pas dans la valise prévue pour cet usage, bizarrerie qui retiendra plus tard l'attention du juge de Trente, Bruno Giardina, en charge du dossier.

D'après Paolo Savoldelli, deuxième de ce Tour d'Italie, qui me recevra quelques mois plus tard, à Clusone, au nord de Bergame où il réside, les choses ne s'étaient pas déroulées selon leur caractère habituel mais dans un climat de « préméditation », c'est le terme qu'il avait employé.

— A Madonna di Campiglio, j'étais préoccupé. La veille, j'avais terminé l'étape épuisé et j'avais hâte que le Giro se termine. C'est pour cela que j'ai fait accélérer les choses et pris mon tour avant Pantani parce qu'il était tôt, que je n'avais pas déjeuné et que nous devions nous taper une longue étape de cols. J'ai passé le contrôle sans appréhension, après j'ai lu que j'avais 49,9 d'hématocrite mais c'était faux, j'avais 48,6. En altitude, le taux peut s'élever naturellement de deux à trois points et retomber aussitôt car le corps perd du liquide, nous les coureurs, on sait cela par expérience. Sur le moment, j'ai pensé faire publier un démenti mais il y avait un tel bordel que j'ai préféré laissé tomber.

— Dans quel état était Pantani ?

— Très nerveux, il avait mis du temps à se présenter.

— Les gens de la Mercatone ont parlé d'agressivité, à propos des inspecteurs.

— Ils n'étaient pas agressifs, je ne dirai pas ça, mais les choses étaient bizarres. Il n'y avait pas que des membres de l'UCI. Il y avait d'autres personnes dans le couloir, des gens qui étaient là aussi pour nous contrôler mais d'une autre façon. C'est après que j'en ai pris conscience.

— Des gens… Quelle sorte de gens ?

— Des gens des Nas, de la brigade des stups. Ils étaient là, postés devant sa porte, pour empêcher que quelqu'un puisse le rejoindre, c'est l'impression qu'ils donnaient. Pantani a-t-il été vendu ? A-t-il reçu des promesses qui n'ont pas été tenues ?

Je peux me tromper mais pour moi tout était déjà joué...

*

Samedi 5 juin 1999
Huit heures.

Allongé sur son lit, Pantani ignorait encore ce grand fracas émotionnel qui l'attendait. Les bras repliés derrière la tête, le maillot rose soigneusement déposé sur le dossier d'une chaise, il se laissait absorber dans la contemplation des Dolomites qui resplendissaient au-delà de ses fenêtres sous un ciel minéral, aussi pur que du mica. Bientôt, dans une chambre voisine, Martinelli recevrait un appel lui apprenant la terrible nouvelle, tant redoutée : la « non-conformité » de Pantani dont le taux hématocrite avait été mesuré à 51,9. Moins un point de tolérance prévu par l'UCI, cela donnait 50,9. Il devait quitter le Giro. « Vous êtes sûr de ce que vous avancez ? » avait relancé à son interlocuteur Martinelli « bleu déconfit, au bord du malaise cardiaque », dira un tiers. — Tout à fait sûr. — Il n'y a pas le moindre doute ? — Pas le moindre. »

Dans le hall de l'Hotel Carlo Magno où séjournait l'état-major du Tour d'Italie, Carmine Castellano venait d'entreposer ses bagages près du comptoir de la réception quand Hein Verbruggen l'avait supplié de l'accompagner dans l'ascenseur. Sans attendre, le président de l'UCI avait appuyé sur le bouton de l'étage supérieur pour être certain que personne ne puisse les entendre : « Catastrophe, Carmine ! Catastrophe… » La nouvelle venait de lui être notifiée par le responsable de la commission médicale de l'UCI. Un coureur était « hors norme » mais pas n'importe lequel, l'homme phare de la course, celui qui drainait les audiences, l'économie du Giro. Une peur panique s'empara de l'organisateur, en pensant aux milliers de tifosi qui s'étaient rassemblés depuis les premières lueurs de l'aube sur le Gavia et qui ne tarderaient pas à s'insurger contre la mise hors course de leur idole. « Vous entendez, Carmine ?… C'est Pantani ! » insistait Verbruggen. Ils décidèrent d'en avertir aussitôt Candido Cannavo surpris au saut du lit, en caleçon et chaussettes. Castellano : « Il est resté assis sur son lit, sans rien dire, comme hébété, les joues couvertes de mousse à raser. C'était naturel, on était en train de vivre un moment capital, un véritable cataclysme, avec le risque d'assister à l'écroulement de tout l'édifice. »

*

Hotel Touring
Chambre 27.

Face au visage décomposé de Roberto Pregnolato, venu lui transmettre la nouvelle, Pantani saisit sans délai ce qu'intimement il redoutait. Le monde s'écroulait sous ses pieds et son premier réflexe fut de réfuter la réalité. « C'est un piège. L'un des inspecteurs a dû réchauffer mon éprouvette sur un réchaud à gaz à l'arrière d'une voiture. C'est pas possible autrement... » murmura-t-il comme pour lui-même. Puis se tournant vers Pregnolato, il avait réagi. « Rappelle Martinelli, dis-lui d'entrer en contact avec Castellano et Verbruggen. Il n'est peut-être pas trop tard... » Il espérait qu'un arrangement serait encore possible, qu'on lui donnerait le temps de se défendre (« comme cela s'est passé, très souvent, avant moi, au profit de certains grands personnages du peloton », insinuera-t-il par la suite). Mais depuis l'affaire Festina, le paysage politique avait changé. Hein Verbruggen se faisait le chantre d'un nouveau code éthique. Pour rassurer les sponsors, il se devait de moraliser le cyclisme, en désignant des coupables. Quand Martinelli était enfin parvenu à le localiser, le « président » avait déjà pris place à bord de l'amiraglia de Carmine Castellano. Les deux hommes roulaient vers la Piazza Brenta Alta, lieu de rassemblement de l'étape du jour. « Comment ça, qu'est-ce qu'on peut faire ? s'était formalisé Castellano. Mais que veux-tu qu'on fasse ? » Redoutant le discrédit public, Martinelli parvenait mal à contenir son anxiété. « On ne peut vraiment rien faire ? Vous êtes sûr ? Je veux dire, avant que la nouvelle ne se répande ? — Non rien, Martino. On ne peut plus rien faire », avait coupé Castellano sur un ton très cassant avant de raccrocher. En apprenant sa disgrâce, Pantani avait passé son poing à travers la fenêtre de sa chambre. Puis il était resté de longues minutes sans pouvoir sortir un mot, le poignet entaillé, et le regard absent, absorbé par les éclats de verre qui tapissaient le sol dans un rappel métaphorique d'une carrière fracassée.

Il fallut organiser son départ.

Redoutant l'affrontement avec les journalistes, Martinelli avait prévu que Marco s'éclipse par la porte des cuisines. Une voiture serait là pour l'attendre. Et en moins de trois heures il aurait regagné son domicile. Mais Manuela Ronchi s'y était opposée, en objectant qu'il n'avait pas à avoir honte de la situation. « Marco n'est pas un délinquant, il sortira par la grande porte, pas en se cachant. » Et si les journalistes l'interrogent ? s'était inquiété Martinelli. « Il se limitera à dire qu'on ne sait pas, que quelque chose n'a pas fonctionné, qu'on doit vérifier, voilà ce qu'il dira. » En sortant de l'ascenseur, Pantani était tombé nez à nez sur deux carabiniers.

Deux émissaires du juge Giardina présents sur les lieux du délit avant qu'il ne se produise. Et qui n'avaient qu'une préoccupation : savoir si Pantani souhaitait que ses éprouvettes soient placées sous scellés « pour enquête ».

— Vous me prenez de court, avait-il bredouillé, tout cela est si brutal.

— Mais vous envisagez de porter plainte ? avait insisté l'un d'eux.

— Porter plainte ? Je ne sais pas, plus tard, peut-être, on verra.

Le cliché a fait le tour des rédactions.

Accablé par le poids du verdict, Pantani descend les marches de l'Hotel Touring le front bas, pressé par un essaim de cameramen, de journalistes et de photographes. Ultime vision d'un déni. D'une répudiation publique en bonne et due forme. La présence des carabiniers au milieu de la bousculade confère à la scène une esthétique criminelle, et l'entoure d'une auréole suspecte dont il ne se débarrassera plus. Sur certains documents publiés par la suite, l'un des carabiniers l'empoigne avec une telle fermeté par le bras qu'on dirait qu'il procède à son arrestation. Les carabiniers diront plus tard qu'ils étaient là, à la demande du propriétaire de l'hôtel, pour assurer sa protection ; vrai ou non, l'image du champion se brouille. C'est un hérétique qu'on emmène au bûcher. Il faut élargir le cadre pour restituer à cette séquence sa pleine et entière signification. On reconnaît alors, immergés dans la meute, son attaché de presse Andrea Agostini, lunettes de soleil sur le nez, son soigneur Roberto Pregnolato, cheveux décolorés, chemise beige. Ils sont là, sur la pellicule, pour l'histoire, comme si chacun avait pressenti qu'il n'y aurait plus d'autre représentation, qu'un des plus grands acteurs de la scène sportive était en train de s'avancer vers le final cut dans le crépitement des flashes. La grande machine médiatico-judiciaire est déjà prête à le broyer. La veille il était considéré comme l'égal d'un Coppi et là il change de statut et dans son regard, infiniment triste, on devine qu'il a pleinement conscience du tragique de la situation. C'est là que tout s'était désagrégé. Un 5 juin. Cinq ans, jour pour jour, après qu'il se fut révélé dans l'Aprica, aux dépens de Miguel Indurain. Là sur ces marches, au milieu des carabiniers que s'était disséminé en lui le germe de l'autodestruction. Dorénavant, il ne serait plus qu'un instrument, une victime sacrificielle, politiquement utile au rachat de son sport conspué, discrédité, avili, douze mois auparavant par les déflagrations de l'affaire Festina. Contrairement aux apparences, ce ne sont pas les marches de l'Hotel Touring qu'il descend mais (plus symboliquement) un Panthéon imaginaire. Le mythe étant brisé, il s'ingéniera à le détruire comme l'enfant casse le jouet qu'il préfère. C'est ce qu'il annonce d'une voix prophétique, parfaitement maîtrisée au micro d'Alessandra De Stefano, la journaliste de la Rai. « J'ai déjà été contrôlé deux fois avec le maillot rose. J'avais 46 d'hématocrite. Aujourd'hui je me réveille avec une surprise. Je crois qu'il y a quelque chose d'étrange... J'ai eu de nombreux accidents, je suis toujours reparti mais, cette fois-ci, je ne m'en relèverai pas. » Cette déclaration qui résonne aujourd'hui comme une sentence nous rappelle, toutes proportions gardées, ce que Cesare Pavese avait écrit peu de jours avant de se suicider dans *Le Métier de vivre,* son livre testamentaire. « Tout ce que vous redoutez finit toujours par arriver. » En déclarant qu'il ne s'en relèverait pas, Pantani prenait date lui aussi. Et nous avertissait d'une chose : cet incident ne serait pas sans conséquence sur sa vie d'homme.

*

Avec les jours, l'idée du complot s'ancrait dans l'esprit de Manuela Ronchi qui avançait en privé l'hypothèse d'une conjuration politico-industrielle fomentée par les hauts dirigeants de la Fiat, propriétaires de la *Gazzetta dello Sport* et du Giro. Selon elle, le clan Agnelli n'avait jamais admis que Pantani se soit vendu (pour un contrat supérieur de 300 000 euros aux propositions du groupe Fiat) à Citroën, la grande marque rivale dont il était devenu l'ambassadeur, et dont il vantait les mérites à la télévision et sur tous les panneaux publicitaires des grandes cités italiennes. De même, ils avaient trouvé indécent qu'après sa terrible chute au Superga il se soit permis de traîner en justice la ville de Turin. Malgré les pressions réitérées du directeur de la *Gazzetta dello Sport* Candido Cannavo, l'invitant à retirer sa plainte, les avocats de Pantani s'entêtaient dans cette voie procédurière et continuaient de demander réparation, plus de huit milliards de lires, en dommages et intérêts corporels, alors, en haut lieu, une éminence grise de la Fiat avait pu réclamer sa tête même s'il m'est difficile d'imaginer Pantani au centre d'un conglomérat d'intérêts acharné à sa perte. La presse, elle, se faisait l'écho d'une autre piste tout aussi fantasmatique. D'après Renato Vallanzasca, l'un des boss de la Comasina – cellule mafieuse de la région de Côme – Pantani ne pouvait pas gagner le Giro, en raison des sommes colossales (deux cents millions de dollars, ce que personne n'a jamais pu vérifier) engagées par les paris clandestins. Dans son autobiographie, *La Fleur du mal*, publiée en novembre 1999, soit six mois après les événements – ce qui en limite la portée – Vallanzasca était revenu sur cet événement.

« Nous étions à table dans le grand réfectoire quand un jeune garçon s'est approché de moi. Il prétendait vouloir me faire un cadeau et m'a demandé si je voulais gagner deux cents milliards dc lires. Pour ça, il fallait que je parie sur Gotti ou Jalabert, et surtout pas sur Pantani parce que le “Pelato[1]” n’arriverait jamais à Milan. Il m’invitait à jouer de grosses sommes… J’étais perplexe, indécis. J’ai pensé demander à ma femme de miser gros sur Gotti mais j’ai laissé tomber et je me suis senti soulagé en voyant Pantani refaire son retard dans la montée d’Oropa après un incident mécanique. Plus rien ni personne ne semblait pouvoir l’arrêter. Et puis, il y a eu Madonna di Campiglio, pour moi la fin du monde… »

Dans les semaines qui suivirent Madonna di Campiglio il effectua deux longues sorties en solitaire de 200 et 150 kilomètres, d’une distance égale aux deux dernières étapes du Tour d’Italie dont on l’avait frustré. Puis il remisa son vélo et vécut sans plus y toucher, confiné dans sa villa, ne sortant qu’à la dérobée, à l’heure béate de la sieste ou à la nuit tombante pour aller caresser l’encolure de son cheval dans le fond du jardin. Des fenêtres du salon, il pouvait apercevoir dans le clair-obscur, au-delà du mur d’enceinte de son jardin, la meute grégaire des journalistes qui bivouaquaient sur la route. Maintenant qu’il n’était plus qu’un paria, le temps pesait d’un autre poids. Il épuisait ses journées à remâcher

1. *Il pelato*, le pelé. Autre surnom donné à Pantani.

son amertume, s'épanchait en pleurs sur les épaules de Cristina. Et quand son père l'exhortait à reprendre son métier : « Tu dois repartir lui disait-il, remonter sur ton vélo, ce n'est qu'un incident de parcours, rien de plus », il renâclait : « Et ma dignité, rétorquait-il. Qu'est-ce que vous en faites ? Et qui me la rendra ? »

Le drame des obsessionnels, disent les psychiatres, c'est qu'ils cultivent leur traumatisme. Pantani faisait désormais partie de cette confrérie-là. Il se surprenait à dessiner en boucle le même croquis, la représentation d'un pendu, criblé par une forêt de poignards, et souffrait de l'impermanence des choses. Dans ses phases de rémission, il disait ne plus rien ressentir et ne vouloir ressentir que ce rien. Un matin, surmontant ses angoisses, il avait enfilé sa tenue de coureur et s'apprêtait à reprendre l'entraînement quand une voiture était passée devant sa villa en klaxonnant bruyamment. Penchés à la portière, ses occupants l'avaient insulté : « Drogato ! drogato ! Pirata di merda. » Alors, il s'était rassis en pleurs sur le perron de sa villa et dans un accès de rage s'était acharné à couper sa bicyclette en deux avec une scie à métaux.

*

C'est en février 2005, chez Franco, propriétaire du restaurant le Nautilus, à Cervia, que je fis la connaissance de Roberto Manzo, le dernier avocat de Marco Pantani. Agé d'une quarantaine d'années, spécialisé en criminologie, il avait tous les attributs du bon avocat, disert et chaleureux, conscient d'appartenir à une certaine élite mais sans arrogance. Manzo avait défendu Pantani sur deux fronts, à Trente face au juge Giardina, et contre le juge Guariniello, lequel cherchait à démontrer que Pantani était dopé quand on l'avait relevé dans un état comateux après sa chute dans Milan-Turin. Pantani, à l'époque, n'était pas pour autant disposé à s'impliquer dans des batailles procédurières dont il n'entrevoyait aucune issue favorable. Manzo avait dû le relancer maintes fois pour qu'il consente à lui accorder un entretien « parce qu'il éprouvait un réel malaise à reparler de certains épisodes » avait relevé Manzo dans un sourire las. Frustré par le procès de Trente il déplorait de son côté que pas un journaliste n'ait jugé utile de mener une enquête « à trois cent soixante degrés » sur ce qui s'était réellement passé à Madonna di Campiglio.

— Il y aurait pourtant à redire, m'a-t-il dit. En tout cas, tous les procès-verbaux que j'ai pu lire, les discussions que j'ai pu avoir n'ont pas chassé mes doutes sur la sincérité et l'honnêteté des inspecteurs de l'UCI.

Tout en dégustant un plat de langoustes au gros sel, il avait disséqué les points litigieux de l'instruction.

— Penchez-vous sur les procès-verbaux, lisez-les attentivement, et vous verrez. Leurs témoignages sont confus, suspects, contradictoires. Sala et Coccioni ont tous deux prétendu avoir inscrit le numéro de Pantani sur son éprouvette. Et sur le port du garrot, Coccioni n'a pas la même version que Sala…

Le juge Giardina avait placé les deux inspecteurs de l'UCI Partenope et Sala en examen, et le coordinateur des contrôles Coccioni sur écoute mais, pour autant, il n'était jamais parvenu à savoir qui était présent lors du contrôle et qui s'était chargé d'étalonner la machine Coulter Act 8 [1]. La part instrumentale des contrôles incombait au docteur Mario Spinelli mais lors de son audition devant le juge Giuseppe Serao, chargé d'instruire le procès de Trente, cet inspecteur s'était révélé incapable de dire s'il avait oui ou non procédé à cette opération.

— Je dois vraiment dire la vérité ? avait-il lancé au juge.

— Bien sûr…

— Je ne sais plus qui l'a fait. Ou Sala ou Partenope ? Je ne m'en souviens plus. On est arrivés ensemble, c'est pour ça que je ne sais pas si c'est moi qui l'ai fait, moi ou un autre…

L'attitude d'Antonio Coccioni, cheveux gris, sourcils épais, broussailleux, profil d'un pasteur presbytérien, s'entourait elle aussi d'un grand flou.

1. Coulter Act 8 : machine qui sert à mesurer le taux hématocrite.

Inspecteur des contrôles hématiques pour l'UCI, employé d'Etat, ce dernier avait précisé en préambule qu'il n'était pas médecin. « J'avais pour fonction de contrôler les modalités d'application des codes de l'UCI, et là je peux dire que tout s'est déroulé régulièrement » avait-il affirmé face au juge Serao, effaré qu'il puisse se porter garant de la procédure, sans y avoir assisté puisqu'il se trouvait dans le couloir au moment du prélèvement. Autre discordance : selon Coccioni, les médecins chargés des analyses ignoraient, comme le veut l'UCI, le numéro de code de Pantani. Sciemment ou non, il se trompait. Sala était présent lors du prélèvement et lors de l'analyse. C'est même lui qui avait posé l'étiquette sur l'éprouvette de Pantani.

— Monsieur Coccioni, avait repris le juge, le protocole de l'UCI ne prévoit-il pas que le cycliste doit choisir l'éprouvette ?

— Je ne sais pas...

— Comment ça, vous ne savez pas ?...

— Oui je ne sais pas. Vous êtes sûr de ça... ?

Ainsi, le responsable des contrôles méconnaissait un point essentiel du règlement qu'il était censé faire appliquer. Interloqué, le juge avait extrait un document d'un épais dossier.

— Monsieur Coccioni, j'ai là le règlement sous les yeux... Il dit que le coureur se présente à l'inspecteur qui contrôle son identité et c'est le coureur qui choisit l'éprouvette.

Coccioni est à nouveau désemparé. Il hésite. Tergiverse. Renvoie le juge vers le docteur Partenope. Lui saura répondre.

— Je poserai ces questions au docteur Partenope, avait repris le juge, mais le prélèvement, comment s'est passé le prélèvement ?... En votre présence ?

Question insidieuse. Le juge sait pertinemment que Coccioni est resté en retrait, dans le couloir.

— ... (Coccioni hésitant). On enfile l'aiguille dans la veine, on prend un peu de sang...

— Pantani était-il allongé sur le lit, assis, debout ?

Là encore, Coccioni bafouille.

— ... normalement ils sont assis, ils mettent le bras sur la table comme on fait normalement pour un prélèvement de sang.

— Et le garrot. Vous vous souvenez s'il avait le garrot hémostatique ?

— Ça oui. Sinon autrement on peut pas faire le prélèvement.

— Vous vous souvenez bien de ça ?

— Oui.

Tout aussi instructif avait été l'interrogatoire de Michele Partenope, l'auteur du prélèvement.

Le juge :

— Vous pouvez me décrire la position de Pantani ?

— Il était assis. Il m'a demandé de ne pas mettre le garrot, je ne l'ai pas mis.

— Le précédent témoin a dit le contraire. Vous maintenez qu'il ne l'avait pas ?

— Oui.

— Et combien d'éprouvettes aviez-vous apportées ?

— Dans une boîte il y en a cinquante. Mais je ne sais plus si l'on avait une ou deux boîtes.

— Vous pouvez décrire la caractéristique de ces éprouvettes ?

— On les utilise normalement pour des examens sanguins, avec un bouchon rouge, et dedans, dans le fond, il y a de l'Edta, un anticoagulant nébulisé et donc invisible.

— Vous avez choisi l'éprouvette de Pantani ou vous l'avez prise au hasard ?

— Je l'ai prise au hasard.

— Et l'éprouvette, où l'avez-vous mise ? Qui l'a conservée ?

— Après le prélèvement, je l'ai passée au docteur Sala. Et Sala a collé devant Coccioni et Pantani une étiquette adhésive avec un numéro correspondant au numéro qui figure sur la fiche que Coccioni, l'inspecteur de l'UCI, a conservée.

A la question de savoir si les éprouvettes sont ensuite scellées, son confrère Sala n'avait pas répondu directement de même qu'il ne se souvenait plus qui avait taré la machine.

Ce qui surprend, c'est qu'aucun des différents avocats de Pantani n'avait cru bon d'interroger la communauté scientifique. Ils auraient pu déceler des vices de forme là où chacun n'a vu qu'une forme de vice chez Pantani. Ils se seraient aperçus qu'il était possible de modifier volontairement le résultat d'un test en réchauffant l'éprouvette sur un petit réchaud de camping, comme l'avait imaginé Pantani. A la fin des années 90, le taux hématocrite restait soumis à divers facteurs perturbateurs : au degré de déshydratation du coureur, à sa position lors de l'examen (assis ou debout), à la force d'application du garrot, à la température ambiante, au mode de transport des échantillons souvent conservés dans des conditions de stérilité discutables...

Ils auraient pu s'interroger aussi sur la fiabilité de la Coulter Act 8 dont on disait qu'elle manquait de précision. On pouvait répéter plusieurs fois la même analyse sans tomber sur le même résultat.

— Par précaution, j'allais toujours faire mes propres analyses dans un laboratoire privé, m'avait confié l'un de ses équipiers, Roberto Conti, et les résultats différaient quelquefois de trois points de ceux de l'UCI[1].

---

1. En avril 2000, le règlement du contrôle antidopage fut modifié en fonction de nouveaux paramètres : un coureur pouvait présenter un taux hématocrite supérieur à 50 si son taux d'hémoglobine restait inférieur à 17. Or, à Madonna di Campiglio, le taux hémoglobine de Pantani était de 17,1 moins le fameux point de tolérance, soit de 16,1. Un an après les faits, Pantani n'aurait donc pas été exclu du Tour d'Italie.

A chaque contrôle, les inspecteurs étalonnaient la Coulter Act 8 « à la baisse » selon une disposition de l'UCI, afin d'aménager une marge d'erreur acceptable. Au lieu d'indiquer 50, elle marquait 49, les coureurs le savaient, les journalistes aussi, certains s'en étaient émus, offusqués auprès de l'UCI, alors qui sait si cette marge de tolérance avait été respectée ? Comment savoir si l'éprouvette qu'on lui avait tendue contenait la bonne dose d'anticoagulant ? Sur le plan déontologique, tout cela sentait le rance. Roberto Manzo avait d'ailleurs attiré mon attention sur la nomination de Coccioni à la présidence de la cour fédérale de la Fédération italienne de cyclisme. « D'après ce que j'ai pu apprendre, il s'agit d'un poste à haute responsabilité », avait ironisé l'avocat, qui analysait cette promotion comme un signe de gratitude.

*

Ses doutes se fondaient sur les conclusions du professeur Sante Tura. Cet expert en hématologie avait examiné l'ensemble des paramètres de Pantani – hématocrite, hémoglobine, globules blancs, plaquettes – relevé lors des divers contrôles subis par le champion italien entre 1996 et 1999. A Madonna di Campiglio, Pantani était l'unique coureur à présenter un niveau de plaquettes inférieur à ses valeurs habituelles sans qu'on puisse apporter une explication scientifique rationnelle.

Le nombre de ses plaquettes, qui se situait toujours entre 165 000 et 203 000 mm^3, variait entre 117 000 mm^3 et 109 000 mm^3 à Madonna Di Campiglio. La perplexité de Manzo s'ancrait dans une autre donnée capitale. A l'hôpital Santa Maria d'Imola où Pantani s'était soumis à un examen, trois heures après avoir quitté le Giro, cette valeur avait retrouvé son niveau naturel entre 151 et 162 000 mm^3. « A la vue de cet examen, on peut vraiment se demander si à Madonna l'éprouvette répondait à toutes les règles de conformité », avait conclu l'avocat.

*

Le lendemain, j'avais filé tout droit, par l'autoroute de Milan, à cent vingt kilomètres au nord, jusqu'à Modène où m'attendait Roberto Pregnolato, l'ancien soigneur de Marco. Cela faisait quatre ans que je ne l'avais pas revu. Sa silhouette s'était épaissie et ses cheveux jadis décolorés étaient devenus plus ternes mais, dans l'ensemble, il n'avait pas changé. Depuis le drame, il se faisait oublier, préférant laisser passer l'orage plutôt que d'affronter les ragots qui circulaient sur son dos, le plus innommable l'accusant d'avoir aidé Pantani à se procurer de la cocaïne. Quand j'évoquerai devant lui ce rôle d'entremetteur peu reluisant qu'on lui prêtait, il s'insurgera. « Jamais je n'aurais fait une chose pareille mais qu'est-ce que je peux dire contre des rumeurs ? Le silence n'est-il pas encore la meilleure des réponses ? » Cela faisait un bail que je ne l'avais plus revu. Depuis le fameux *Blitz* de San Remo au mois de juin 2001. Un coup de filet policier sans précédent. Deux cent quarante carabiniers des Nas qui s'introduisent dans les chambres des coureurs. Fouilles, auditions, perquisitions. On l'avait interpellé en possession de produits prohibés. « De simples fioles d'eau distillée », minimisa-t-il sur un ton badin, en feignant d'oublier que l'eau distillée servait à abaisser le taux hématocrite. « Les flics m'ont obligé à les suivre sur plus d'un kilomètre à la recherche d'un mystérieux paquet. Je l'avais soi-disant balancé dans un buisson. Mais ils n'ont rien trouvé, pas ça ! » fit-il en faisant claquer le bout d'un ongle entre ses dents. Il avait marqué un long silence. « Et sur le fond, ils s'en foutaient pas mal, relança-t-il. Ce qu'ils voulaient, c'était l'atteindre, lui, Marco, à travers moi. » La Mercatone l'avait licencié sur-le-champ, comme on change un fusible, mais Pantani ne l'avait pas renié. Il lui rendait régulièrement visite dans le salon d'esthétique qu'il gère avec sa femme. Quant à savoir ce qui avait pu se produire le 5 juin 1999 à Madonna di Campiglio, Pregnolato me renvoyait à mes propres questions, comme dans un match de tennis quand deux joueurs s'échangent la balle sans parvenir à concrétiser le point. Pourquoi Pantani aurait-il pris le risque par des pratiques illicites de foutre sa réputation en l'air ? Par quel truisme ou négligence se serait-il fourré dans ce guêpier, lui l'initié, toujours sorti indemne des contrôles routiniers, et plus que tout autre conscient des ambiguïtés et des enjeux de la lutte antidopage ? « Marco buvait très peu, il a pu se déshydrater, se dérégler, franchement, c'est ce que je me dis car on savait comment s'y prendre pour fluidifier le sang. »

La plupart des coureurs avaient appris à « se mettre en règle », à réguler leur taux hématocrite avec des perfusions adéquates d'albumine ou bien encore avec de l'eau distillée et du glucose. Une simple perfusion d'eau mélangée à 0,09 pour cent de sodium suffisait à réduire le taux hématocrite de deux à trois points, en vingt minutes. « Par contre, c'était très facile de le confondre alors, quelqu'un a pu retirer un peu de liquide dans son éprouvette. » (Puis, songeur :) « Souvent je me demande ce que sont devenues ses éprouvettes, celles qui ont servi à l'analyse. Vous le savez, vous ?... »

De toute évidence, Madonna di Campiglio continuait de le hanter.

« La veille, il se disait qu'un coureur de la Mercatone ne repartirait pas. On parlait d'un Marco sans préciser s'il s'agissait de Pantani ou de Velo, de là à croire au complot... Tout ce qu'on peut dire c'est que Marco était dans l'œil du cyclone, il le savait. Et c'est pour ça qu'il n'aurait jamais pris le risque d'enfreindre les règles. »

Quelque chose pourtant n'avait pas fonctionné. Mais quoi ? Sa propre centrifugeuse avec laquelle Pantani se contrôlait ? Etait-elle déchargée ? mal réglée ? Rien de ce côté-là, pas la moindre anomalie, il avait vérifié. Mais comment savoir si Pregnolato jouait franc jeu ? Plus mes questions devenaient précises, plus il avait besoin de peser le pour et le contre, et plus il me donnait le sentiment de me débiter sa version, une suite de petites vérités accommodantes, comme un acteur récite un texte appris par cœur. Je m'efforçais de ne pas l'interrompre plus qu'il ne l'était déjà par son portable. J'en savais déjà long sur le sujet, moins que je ne le laissais paraître mais plus qu'il ne le supposait. Aussi avais-je préféré attendre la fin de notre entretien, ce moment où il relâcherait sa vigilance pour lui poser à brûle-pourpoint une question primordiale. « Et si je vous dis que ce soir-là, à Madonna, vous n'aviez plus de quoi abaisser son taux hématocrite, plus de perfusion, plus d'eau distillée, plus rien. Et que c'est pour cette raison que des gens auraient aperçu Martinelli traînant la nuit dans les couloirs de l'hôtel… » Dans un réflexe incontrôlé, il avait coupé son portable et bondi de sa chaise, en pleurs et s'était éloigné dans un couloir. Cherchait-il à m'égarer ? A gagner du temps ? Simulait-il une crise de larmes ? « Pardonnez-moi, toute cette histoire n'a pas été facile à vivre… » s'était-il excusé… En rédigeant ces lignes, je me demande encore ce qui avait pu le mettre dans cet état de contrariété. J'avais sûrement touché un point sensible ou remué les soupçons que Pantani avait nourris à son encontre et à l'endroit de deux ou trois autres membres de la Mercatone qu'il avait longtemps suspectés, à tort ou à raison, d'avoir participé à ce fameux complot fomenté contre lui par des gens sur lesquels Pregnolato, je le sentais, aurait pu m'aider à mettre un visage ou un nom.

*

Février 2002
Hôtel Belvédère à Montecatini (Toscane).

Ce soir-là, j'avais dîné avec Marco à la table commune des Mercatone en compagnie de Manuela Ronchi, de Riccardo Magrini, le nouveau directeur sportif de l'équipe, et d'un ancien poursuiteur dont j'avais suivi la courte carrière, Raniero Gradi, appelé à remplacer Pregnolato. Pantani était désœuvré. Il séjournait le plus souvent en Espagne, au milieu de ses fantômes, et projetait d'y acquérir une maison du côté de Malaga. Il avait besoin de rompre avec son milieu ambiant, un argument diplomatique, pudique, propre à cacher l'essentiel, des problèmes d'addiction récurrents et désormais préoccupants. Dès qu'il remettait les pieds à Cesenatico, son cerveau lui parlait de cocaïne, de virées nocturnes et de trips en tout genre. Les experts appellent ça « la mémoire du contexte ». Sa manager s'appliquait à garder le secret d'autant plus jalousement qu'elle s'était mise en chasse d'un repreneur dans le cas où Romano Cenni se lasserait d'une situation d'échec. Elle était aussi la seule personne à pouvoir le joindre par téléphone dans l'heure suivante. Avait-elle pour autant toutes les cartes (sa double position de manager et de confidente ne la prédisposant pas à l'objectivité) pour comprendre ce Pantani dont j'ai déjà pu dire qu'il était complexe, ambivalent, les différentes facettes de sa personnalité s'emboîtant les unes dans les autres comme des poupées russes ? D'ailleurs avait-il toujours envie de courir ? Pour en avoir le cœur net, Felice Gimondi (nommé président de l'équipe Mercatone durant l'hiver) était allé lui rendre visite un après-midi à Cesenatico. Incidemment, il lui avait rappelé ce qu'il avait tendance à oublier : qu'il gagnait en un an ce qu'un cadre ne gagnerait jamais en une vie de labeur. Le groupe Mercatone Uno, c'était quarante personnes, dix-neuf coureurs, trois directeurs sportifs, un staff technique et administratif d'une vingtaine de membres, suspendus à ses caprices, ses absences, ses desiderata. « Jusqu'ici tu as toujours fait ce que tu as voulu, l'avait-il sermonné, mais tu ne peux plus nous laisser dans le vague. » Mais à l'Hôtel Belvédère, Pantani semblait comme étranger à son métier. Il revenait d'un exil prolongé en Espagne, une longue hibernation volontaire qui n'avait pas eu les effets thérapeutiques escomptés. « Je me suis imposé tout un hiver loin de chez moi, c'était sûrement nécessaire mais d'un ennui mortel. A vrai dire, je viens de passer deux mois effroyables », m'avait-il confié à l'oreille en éludant l'épineux problème de la cocaïne même s'il ne pouvait pas ne pas songer que je savais, que nous savions tous plus ou moins de quel mal il souffrait. Pour faire diversion, sa manager avait exhibé son futur maillot, redessiné par un designer italien, concepteur des casques du pilote moto Max Biaggi. Mais il l'écoutait à peine et laissait son esprit divaguer vers les juges qui l'avaient pris pour cible et face auxquels il n'y a que deux façons de réagir : soit on se plie à leur diktat, soit on se rebelle et on fait dans la provocation. Pantani avait choisi cette voie-là. Au scandale de Madonna di Campiglio, il oppose un autre scandale.

Le scandale de la cocaïne, de sa vie dissolue.

Le scandale des interpellations policières.

On l'a sali ? Il en rajoute. Défie l'establishment. Dans une étape du Tour d'Italie, il conserve à la pliure du bras le pansement du contrôle antidopage comme pour dire au public : « Voyez comme ils nous traitent ! »

Il a aussi des accidents. Il perd le contrôle de sa

Ferrari, fracasse sa Mercedes qu'il abandonne, dans la nuit, tôles froissées contre un pylône, contre une réalité opaque qu'il ne parvient plus à maîtriser.

A Cesenatico, il s'engage à contresens dans une rue qu'il empruntait tous les matins pour aller au collège et dans son embardée, détruit sept véhicules en stationnement.

Simple distraction ? Abus de cocaïne ?

Envie plus ou moins consciente d'en finir ?

— De nos jours, la notoriété produit de la notoriété et les juges en profitent. (Avec un air courroucé.) Enfin, tout cela n'aura qu'un temps…

Puis quelqu'un à la table, un équipier, je crois, avait lancé à la cantonade le nom de Lance Armstrong. Entre eux, c'était devenu un jeu, une récréation. Ils s'amusaient à le titiller au sujet du Texan, sachant tout le mal qu'il en pensait. Pantani trouvait l'Américain « cynique » et « fabriqué ».

« Ce type est sans doute passé par des moments terribles mais on ne me fera jamais croire qu'on peut gagner le Tour après avoir été opéré d'un cancer. Jamais. Certainement pas par des moyens naturels », avait-il insisté, en avalant un plat de tagliatelles. Il s'était tourné vers Magrini.

— Et toi, Magro [1], tu y crois ?

— A quoi ?

1. Diminutif de Riccardo Magrini.

— A cet Américain. (En ricanant.) Tu sais, le fils de celui qui est allé dans la Lune.

Magrini fit celui qui tombe des nues.

— Armstrong ?…

— Ben oui Armstrong. T'as couru ? Tu sais ce que ça veut dire toi, monter un col, rouler sous la chaleur. Tu crois vraiment qu'on peut gagner le Tour après avoir vaincu le cancer ?

Magro avait haussé les épaules en signe d'impuissance. Il ne savait qu'en penser.

Pantani (agacé) :

— C'est bizarre à chaque fois qu'il s'agit d'Armstrong, tout le monde se tait, comme si personne n'avait d'avis. (Une pause.) En tout cas moi, j'y crois pas. Et j'y croirai jamais. C'est un personnage fictif, une sorte de héros de bande dessinée (un temps de réflexion). Tiens, c'est Spiderman. Maintenant qui l'a créé ? Qui l'a voulu ainsi ? Je n'en sais rien. Mais je suis beaucoup trop réaliste pour croire à son histoire.

Ce qu'il disait d'Armstrong soulignait un trait essentiel de son caractère : quand il se sentait en confiance, Pantani ne se payait pas de mots et livrait le fond de sa pensée sans se préoccuper des codes, des conventions qui régissent les mœurs du peloton. Avec Armstrong, quelque chose d'irréparable s'était brisé dans le Tour de France 2000 après l'étape du mont Ventoux. En lui abandonnant ostensiblement la victoire, le Texan l'avait offensé.

— Quand on fait cadeau d'une étape, on le fait avec discrétion, c'est une politesse que l'on doit à son adversaire, mais lui n'a pas ce tact. Au Ventoux, il voulait bien me laisser gagner mais il fallait que tout le monde le sache...

Comme aucun de ses équipiers n'était venu le contredire, il s'était enhardi : « Enfin, ce jour-là, il aura révélé sa vraie nature. »

Ce différend lui restait d'autant plus en travers de la gorge qu'ils avaient un passé commun. Quand le Texan s'était retrouvé sur le carreau, en 1996, affaibli par la chimiothérapie et sans emploi (« Personne n'aurait alors prédit qu'il gagnerait le Tour un jour », avait-il précisé), il lui avait proposé de l'engager à la Mercatone. D'où sa rancœur.

— Je n'avais pas aimé la façon dont les Colidis l'avaient licencié, je le lui avais fait savoir et j'étais prêt à lui venir en aide. (Un voile d'incompréhension avait assombri son regard.)

Mais il semble qu'il ait tout oublié, avait-il repris avec aigreur. Or tout ça n'est pas si vieux. On parle de choses qui remontent à quatre ou cinq ans tout au plus...

*

Paris
Novembre 2002.

Manuela Ronchi m'avait prévenu de leur arrivée. « On est à Roissy, le temps de monter dans un taxi, de déposer nos affaires à l'hôtel, on se retrouve pour dîner. » Cela faisait un bon bout de temps que Pantani n'était pas venu à Paris, depuis sa victoire sur les Champs-Elysées en 1998. C'est avec plaisir qu'il avait accepté l'invitation des organisateurs d'ASO désireux de fêter en grande pompe le centenaire de la Grande Boucle. A l'exception de Roger Pingeon, lauréat de l'édition 1967, tous les vainqueurs étaient là. Vers vingt et une heures, je les avais retrouvés au Méridien de la Porte Maillot, à quelques pas du Palais des Congrès où le lendemain serait présentée la carte du Tour 2003. Manuela Ronchi et Riccardo Magrini m'attendaient face au bar, Pantani nous avait rejoints quelques minutes plus tard, en souriant, les mains dans les poches, la démarche dégingandée, vêtu d'un pantalon kaki, d'une gabardine de chasse marron cousue de poches à soufflets et d'une espèce de bob informe sur le crâne. Ainsi accoutré, personne ne pouvait le reconnaître.

Pendant le dîner, il s'était plu à revisiter sa carrière avec une prédilection pour ses victoires dans le Tour d'Italie en 1994 à l'Aprica et à Merano à travers lesquelles il avait restauré la prédominance des purs grimpeurs, frêles, presque chétifs, sur les athlètes du cyclisme, type Eddy Merckx ou Miguel Indurain. Il avait raconté la montée des cols, vu de l'intérieur, la foule en transe électrisée par des heures d'attente, qui se resserre, se fait plus dense au fil de la pente, la foule qui s'écarte au tout dernier moment comme la mer devant Moïse. « Malgré le brouhaha des voitures, et des motards, j'entendais les gens crier mon nom et leurs cris me survoltaient, me transportaient au-delà de la souffrance. Je me sentais si léger que je ne sentais même plus mon corps. » Il avait relevé sa manche. Sur son avant-bras, ses poils se hérissaient. « Tu vois, rien que d'en parler, j'en ai des frissons. »

Il repensait aux jalousies et aux ressentiments qu'il suscitait déjà chez ses rivaux, rageant de le voir monopoliser les médias.

— Certains coureurs me trouvaient arrogant mais c'est la compétition qui est arrogante, sans compromis, s'était-il défendu.

Entre deux imitations de Felice Gimondi (il avait pris une voix de gorge grasse parfaitement ressemblante « Marco, dimmi, oggi ti sei allennato ? ») (« Dis-moi, Marco, tu t'es entraîné aujourd'hui ? ») il s'était rappelé avec mélancolie ses débuts chez Carrera, sa brouille passagère avec Claudio Chiapucci. Il semblait regretter cette période sans doute parce que l'avenir paraissait incertain.

— Si je n'avais qu'un vœu à formuler, ce serait de pouvoir repasser en tête en haut d'un col, avait-il lâché.

Avec Magrini, il avait ébauché un vague programme en se défendant d'envisager une participation au Tour de France. Pantani ne voulait plus s'interroger sur le manque d'estime et d'intérêt que lui témoignait Jean-Marie Leblanc. Il n'était pas résigné ni mélancolique, simplement las.

Las de se trouver dans le réflecteur de la lutte antidopage.

Las qu'on puisse le juger sans le connaître.

Las de ces gens qui l'avaient circonvenu sur la nécessité de sa présence aux cérémonies du centenaire en lui déniant le droit de pouvoir courir le Tour. Ces gens l'utilisaient pour ce qu'il représentait et lui reprochaient ce qu'il était. En réaction, il avait imaginé s'exhiber à la soirée du centenaire dans une veste jaune canari mais Manuela Ronchi l'en avait dissuadé. « C'est tout ce qu'il avait trouvé. Une veste jaune ! » avait-elle coupé avec une fausse gaieté dans la voix. « Et après ça, il s'étonne qu'on le traite de provocateur… »

Pourquoi ne courait-il pas davantage ?

« A cause de mes désordres, de problèmes personnels extérieurs à mon métier… » avait-il bredouillé. Il s'apprêtait à développer sa pensée quand sa manager l'avait interrompu.

— Il vient de passer toute une série d'examens

médicaux. C'est très encourageant. Son cœur bat à trente-cinq pulsations minute. Comme Coppi. Eh oui, le Marco qui est là devant nous est un homme neuf, complètement neuf...

Trente-deux ans – il les aurait bientôt – ce n'était pas un âge canonique. Rien de rédhibitoire pour un champion cycliste. A cet âge-là, Jacques Anquetil battait le record de l'heure sur le Vigorelli, et Fausto Coppi enfilait les Tours d'Italie mais il se sentait usé et demandait à voir. « De quoi suis-je encore capable ? Je n'en sais trop rien... J'ai eu des accidents, des anesthésies, des opérations, je n'ai pas fait que des saisons complètes, mis bout à bout ça fait quand même dix ans que je vis dans le stress, avec de longues périodes sans pouvoir dormir, avec une boule à l'estomac... »

Etre Pantani était un métier, un sacerdoce à temps plein.

Le nomade aspirait à se poser et à diversifier ses activités. Il s'exerçait au trot attelé, s'était découvert une passion pour la chasse, passait des nuits sur les collines de Fumagoli, dans les bois de Borello, une couverture sur les épaules, fusil en main, oreilles aux aguets, attentif au moindre bruit, prêt à saisir un froissement d'aile, le pas furtif d'un gibier, moments suprêmes d'exaltation, d'intime communion. Ce qu'il aimait par-dessus tout, c'était suivre les sangliers à la trace. « Je ne suis jamais aussi heureux que lorsque je me retrouve seul, dans une forêt en plein brouillard, la nuit, à déchiffrer leurs pas sur le sol. » Il parlait de tout cela avec une sorte de fierté virile comme quelqu'un qui a conscience d'avoir acquis un nouveau savoir et s'empresse de le faire partager. A la chasse, tout était plus simple. Il n'y avait plus que deux espèces, le chasseur face au gibier, le prédateur lancé aux trousses des bêtes apeurées.

En juillet 1998, dans la descente luisante et noire du Galibier, c'était lui le sanglier. Je le revois, corps recroquevillé sur sa machine, fonçant tête baissée sous la pluie, dans un défilé de parois rocheuses, les pans de son imperméable flottant sur ses jambes nues. Il y avait quelque chose d'animal dans sa détermination. Une force brutale, immuable. L'instinct de la bête traquée qui refuse de mourir. Là, déjà, en pleine apothéose, il semblait vouloir fuir quelque chose. « C'est ce que j'aime le plus au monde, avait-il murmuré, comme pour lui-même, me repérer aux bruits, à l'oreille… » Laisser la nature reprendre le dessus sur l'homme dénaturé. Plus les années passaient, plus son goût de la solitude s'affirmait. A travers de brèves allusions, j'avais compris ce soir-là, au débotté, ce que je refusais d'admettre, qu'il menait une existence dissolue dans les brumes opiacées des nuits romagnoles, sans la prudence du chasseur qu'il était devenu.

Qu'allait-il chercher dans ces battues nocturnes ? Une sensation forte et violente de complétude qu'il ne trouvait plus ailleurs. Voilà ce qu'il réclamait de la vie, du fantastique, de l'onirisme, de quoi étancher son ennui. Qui sait, d'ailleurs, s'il ne m'avait pas raconté toutes ces histoires à dessein pour m'alerter sur les dangers qui le guettaient et qu'il combattait seul, avec ses propres armes, dans un rejet obtus, manifeste, de tout ce qui l'avait constitué ? Au fond, qu'est-ce qui le faisait encore courir ? L'amour du métier ? L'envie de sortir par la grande porte ? « J'aurais sans doute été mieux inspiré de me retirer à Madonna di Campiglio, se désolait-il. Je me serais épargné bien des souffrances. Quant à savoir pourquoi je continue ? » Il s'était efforcé de sourire. « Je ne le sais pas moi-même. Pour ma survie (un temps). Pour ne pas alourdir le poids de mes remords. J'aimerais sortir dignement de cette situation. Sinon ça se terminera mal, très mal… »

*

En débarquant à la Mercatone Uno au cours de l'hiver 2002, Riccardo Magrini était loin d'imaginer le désarroi qui couvait au sein de l'équipe. Il savait que Pantani tapait dans la cocaïne pour combattre son amertume, son spleen, et sa mélancolie, ce que tout le monde subodorait depuis que l'hebdomadaire *Panorama* s'en était fait l'écho. Il ignorait cependant à quel point l'homme était déchiré par sa rupture avec Cristina. Depuis qu'elle n'était plus là, à ses côtés, plus rien n'avait d'intérêt et sa disgrâce conjugale, par un effet miroir, le renvoyait à ses déboires professionnels avec des répercussions indiscutables sur ses relations sociales. Lors du premier stage d'entraînement, à Reggio Emilia, il était resté cloîtré dans sa chambre d'hôtel, sans donner signe de vie. Il demandait qu'on le laisse dormir, puis une nuit Magrini l'avait surpris avec un de ses dealers, dans une voiture immatriculée à Ravenne, stationnée dans la cour de l'hôtel. Le lendemain, s'étant introduit dans sa chambre avec un passe, il l'avait trouvé à quatre pattes sur son lit. Marco s'appliquait à ramasser des miettes de cocaïne dans les plis de la couverture. « Dis-moi, Magro, t'as déjà vu la mort de près ? » lui lança-t-il. Selon Magrini, il s'était rassis puis avait aspiré de grandes bouffées d'un composé de cocaïne à l'aide d'une canule. La cocaïne stagnant plus de quinze jours dans l'organisme, il n'était plus envisageable de lui faire passer des tests médicaux à l'hôpital de Rimini. L'un des médecins du groupe, le docteur Marini, se proposa de le raccompagner chez lui après avoir souligné qu'ils prendraient tous « un trop grand risque en le gardant parmi eux » mais Manuela Ronchi s'était informée auprès d'un spécialiste, le docteur Pissacroia (dont on apprendra plus tard qu'il n'était même pas inscrit à l'Ordre des médecins). Et ce psychologue lui avait conseillé de maintenir

Pantani dans son milieu professionnel. Et puis n'était-ce pas leur rôle, à tous, d'amortir, de prévenir le scandale et de le préserver des médisances ? Dès lors, il n'y eut plus qu'un mot d'ordre : maintenir les apparences. Faire comme si de rien n'était. (Avec une certaine brutalité :) « On étouffe comme on peut mais Marco doit courir, se montrer en public. Il n'y a pas d'autre solution. » Ils choisirent de l'envoyer en Espagne. Il pourrait y courir à la carte, selon son humeur, sa disponibilité, le Tour de Murcie, le Tour de Valence, le Trophée Luis Puig, là-bas, les courses ne manquaient pas. Et l'Espagnol Daniel Clavero – dont l'épouse était psychiatre – partagerait sa chambre, en permanence, afin de le surveiller. Magrini s'était alors chargé d'effacer toute trace de son passage dans l'hôtel. Il avait brossé la baignoire recouverte de la suie grasse et noire des bougies, ramassé ses vêtements qui empestaient la cocaïne, et les avait fourrés dans un sac plastique avec l'intention de les laver. Ce n'est que sur la route de l'aéroport que Pantani s'était inquiété de son apparence.

— Dis, Magro, tu crois qu'à la douane les chiens vont me renifler ?...

*

Tonina est seule.
Seule avec sa douleur.

Elle passe ses nuits sur le sofa où elle avait l'habitude d'attendre qu'il rentre pour aller dormir. Dans le creux de ses insomnies, elle téléphone à ceux qui peuvent la réconforter, avide du moindre indice susceptible d'éclaircir les circonstances du drame. Sur les motifs de sa présence à la Résidence Le Rose, elle a sa théorie. Marco est allé mourir dans un hôtel pour ne pas « sporcare », « souiller » leur maison. Alors, par respect, elle n'a pas touché à ses appartements. Sa brosse à dents, son rasoir, son after-shave sont toujours posés sur le lavabo comme s'il devait revenir d'un moment à l'autre, et ses maillots de course pliés en l'état comme il les avait rangés avec soin dans un placard de sa chambre aux murs bleus. Le bleu le reposait, le blanc lui inspirait une peur panique. Cela se ressent dans ses tableaux. D'immenses toiles conceptuelles, tel ce soleil éclaté, halluciné, déflagration chromatique, nucléaire sur fond noir qui orne le mur du salon. Dans chacune d'elles, on retrouve la teneur de ses écrits, à la fois prolifiques et d'une noirceur récurrente, traversés par des visions macabres. Il évoque ses relations perdues avec Cristina, leur amour évanoui, ses regrets de ne pas l'avoir mieux aimée, dans un langage déstructuré, saisi d'émotion à l'aune d'une existence qui se délite, lentement, mais inexorablement. « Des fois tu ressembles à quelqu'un qui n'est pas ingénu, lui écrit-il, alors je sens que je peux seulement te donner de l'argent. »

L'écriture est le lieu d'un ultime dévoilement.

Il écrit pour lui-même pour s'amender et parce qu'il n'a plus personne à qui se confier.

Il écrit pour régler ses propres névroses, par rafales, de façon convulsive : sur les murs de sa chambre, à même les draps, sur les pages blanches de son passeport comme s'il tenait à modifier son pedigree. Il écrit sur le papier à en-tête des hôtels, sa vie n'étant plus qu'une succession de chambres louées à l'improviste, aux débours d'une précarité luxueuse. Il ne défend pas sa conduite, il cherche à l'expliquer. Mais quelle valeur accorder à ces textes apocryphes rédigés dans des moments d'égarement ? « C'est la douleur et tout ce qu'elle enseigne qui est mon nouveau monde » avait écrit du fond de sa cellule un Oscar Wilde[1] dévoré par une « soif d'infamie ». Pantani est comme Wilde. Il ressasse son mal-être, ses relations compliquées avec les femmes et la société, avec la société des femmes, et son dégoût envers tous ceux qui l'ont trahi dans le désaveu de ce qui les rapprochait. (« De vous tous, j'ai seulement appris à me droguer mais pour perdre. Pas pour gagner », souligne-t-il dans un carnet daté de Cuba.) Il réclame souvent son père, son

1. Dans son livre *De profundis*.

« babbo » (« Je suis fatigué de ne plus le voir », écrit-il), signe d'un manque affectif.

Son père ?

Un homme âpre de caractère, autoritaire, replié sur des principes anciens, qui l'a souvent battu (« Sans qu'il se rebelle », remarque Tonina) et dont il redoutait les colères, ce qui n'excluait pas l'amour et la tendresse. « D'aussi loin que je me souvienne, m'avait-il confié un jour, il m'a toujours fait peur. » A travers sa réussite sportive, Marco pensait s'être affranchi de cette violence.

— ... il n'était plus le seul à dicter les règles, m'avait-il confié, puis il y a eu Madonna di Campiglio, et là, tout est revenu. J'étais au milieu de la pièce, la main ensanglantée, à la gravité de son expression j'ai compris que j'avais raté quelque chose. C'était comme si j'avais à nouveau quatorze ans.

Dans ses toiles comme dans ses écrits, il cherchait une voie nouvelle, un substrat, une forme d'exorcisme. Pour Tonina, ses écrits sont vrais, parce qu'ils disent la même chose : c'est le cyclisme qui l'a tué.

— A Madonna di Campiglio mon fils est tombé dans la honte et ne s'en est plus jamais relevé. C'est à partir de là qu'il a commencé à prendre de la cocaïne, se convainc-t-elle.

Longtemps, elle s'est rac[illegible] à cette donnée

vaguement consolante qu'il était mort de son métier, ainsi elle pouvait identifier des coupables, se soulager du lourd fardeau de ses remords.

Comment faisait-elle pour ne pas s'écrouler ?

Le travail l'aidait à préserver un fragile équilibre dans l'oubli provisoire des pensées morbides qui l'assaillaient chaque soir quand elle rentrait du kiosque et quand elle se demandait dans quel état elle le trouverait.

Une nuit, c'était en automne, il devait être un peu plus de une heure du matin, il l'attendait, derrière la fenêtre, le front plaqué contre la vitre. Et tout en la regardant fixement, il lui tirait la langue. Elle n'avait pas pris ce geste comme une marque d'irrespect mais comme un relent de l'enfance, une parade dérisoire mais touchante, face à la vie si décevante.

*

Parmi tous ces écrits incohérents, prophétiques, fragments poétiques, phrases éclatées, à l'image de ses peintures, laissées derrière lui, comme autant de traces posthumes de son passage sur terre, il y avait cette lettre d'adieu – écrite à Cesena pendant l'hiver 2003 – adressée à Cristina, à travers laquelle on peut percevoir, entre les mots, l'intime déchirure du personnage.

« Je pense que je ne courrai plus à vélo, lui dit-il, car ma vie est sacrée et seul celui qui se rebelle parvient à s'aimer. Cristina, tu as vu ce que je suis devenu ? Un petit qui a honte d'être tombé mais qui sait aussi que la vérité est aussi dans la honte (...) Mais je ne veux pas jouer les victimes. Le cyclisme est la chose la plus magique que tu peux connaître après l'orgasme, et ce furent ces années riches, belles, pleines de coups de foudre, qui ont fait de moi un homme (...) Mais les hommes ne m'ont pas traité honnêtement. Ils m'ont fait partir en vol et mon vol n'est que souffrance et destruction... La chose la plus belle que j'ai jamais voulue, dès quatorze ans, c'était de devenir champion. Et je le suis devenu... Je dois maintenant avoir le courage de trouver d'autres petites satisfactions dans une vie de bourgeois. »

3

5 janvier 2006.

Paolo Pantani, au téléphone, voix basse, caverneuse. Deux ans après, il n'en démord pas : son fils dérangeait.

« Rappelez-vous, me dit-il, au départ de ce fameux Tour d'Italie, il avait pris position mais en réclamant un traitement équitable pour tous les sportifs, Marco brouillait de nombreux intérêts. En l'évinçant du jeu, tout irait mieux, pour tout le monde… »

A l'époque, le calcio traversait une sale passe obscurcie par le scandale des contrôles antidopage fictifs du laboratoire de l'Acqua Acetosa[1]. Les stades se vidaient. Pantani parallèlement, dynami-

1. Le 8 octobre 1998 le CONI s'était vu retirer l'homologation de son laboratoire de l'Acqua Acetosa, après une enquête du juge Guariniello, pour avoir trafiqué les contrôles antidopage dans le calcio. Le président du CONI, Mario Pescante, avait été contraint de démissionner.

sait les foules et les audiences du cyclisme. Plus de cinq millions de téléspectateurs avaient suivi l'étape du Mortirolo avec, à la clé, des rentrées publicitaires substantielles pour les organisateurs et les sponsors.

Dans cet homme qui s'ouvre à la parole, le deuil s'étant traduit chez lui par un très long mutisme, il y a toute la miséricorde d'un père destitué de son rôle et désormais rendu à la rengaine du quotidien, à cette intolérable dictature du temps et de l'absence. Un homme prêt à jouer franc jeu qui ne cherche pas à me convaincre que son fils ne s'est jamais dopé. « Marco avait son caractère. Il a sa part dans ce qui s'est passé. C'était un extrémiste qui ne faisait rien à moitié… » Mais il pourrait jurer-cracher sur ce qui lui reste de plus cher : à Madonna di Campiglio, son fils était dans les normes. « Pourquoi aurait-il pris le risque de se présenter au contrôle ? Il n'était pas fou. C'est pour ça d'ailleurs qu'il a fracassé la vitre avec son poing. »

Au bout du fil, je le sentais rassembler ses idées.

« La veille au soir, il n'avait rien mangé. Juste un peu de riz. Le Giro était gagné mais il était préoccupé. Il m'a dit, j'en agace plus d'un, certains me suspectent de vouloir tout gagner… »

Paolo avait surpris une conversation entre Castellano et un journaliste du *Resto del Carlino*. Selon lui, elle regorgeait de cette acrimonie latente que suscitait son fils. « Si demain Pantani roule aussi fort, ils ne seront pas plus de quinze à l'arrivée», ironisait le journaliste. «Dans ce cas, le mieux serait d'éliminer Pantani...» aurait répliqué l'organisateur.

Le nom du boss de la Mapei agitait ses pensées. Quand Marco s'était fait exclure du Giro, Giorgio Squinzi s'était, paraît-il, exhibé avec un tee-shirt sur lequel était écrit IO TIFO TAFI. («Je supporte Tafi.») Dans une allusion directe à cette guerre médiatique qu'ils s'étaient livrée à propos des contrôles du CONI.

— C'est un homme très puissant... il s'est peut-être dit : Pantani ne veut pas gagner le Giro avec nous ? Eh bien, il ne le gagnera pas avec un autre...

Il n'en tirait aucune conclusion mais quelque chose ne cadrait pas.

— Vous savez, les contrôles n'étaient pas fiables. Il aurait suffi qu'un des inspecteurs de l'UCI maintienne l'éprouvette en dehors de la boîte réfrigérée, qu'il la garde quatre à cinq minutes dans sa poche pour la réchauffer et transformer le résultat, alors, bien sûr, je m'interroge...

Il cherchait à s'expliquer l'intolérable persécution des magistrats qui étaient allés jusqu'à ressortir ses vieux dossiers médicaux de Milan-Turin quand, ce jour-là, Marco avait failli perdre une jambe et même la vie. Il avait marqué une longue respiration. Le temps de ravaler ses ressentiments.

— Je ne veux pas vous embêter avec toute cette

histoire, mais croyez-moi, il a supporté plus qu'un homme peut endurer. (Un long silence. Je le sentais maintenant submergé par une vague de douleur.) Les derniers mois, il n'arrivait plus à trouver le sommeil, il avait même perdu le goût de vivre.

*

Avril 2004
Deux mois après le drame.

De passage à Bologne, je repris contact avec le chroniqueur judiciaire du *Corriere di Romagna*, Andrea Rossini, pour faire le point sur l'instruction en cours de résolution. « Le juge devrait la clore dans deux à trois semaines mais je ne pense pas qu'on puisse s'attendre à quelque chose de nouveau », me dit-il. J'étais si surpris que j'y puisai une nouvelle réflexion. Pour la première fois j'évoquai l'hypothèse d'un crime.

— Tonina, en tout cas, est de plus en plus convaincue que son fils n'était pas seul la nuit du drame.

— "Un meurtre, franchement, c'est impossible, m'a-t-il dit. Ils ont tout passé au crible, absolument tout."

C'était de notoriété publique, Pantani macérait dans un mauvais jus et sa mort incommodait pas mal de monde à Cesenatico où chacun redoutait que le drame ne finisse par entacher la réputation de la petite cité romagnole.

— Avoue qu'une overdose c'est commode, avais-je relancé. Un crime, ça aurait fait désordre. Les édiles auraient été contraints de s'expliquer sur le laxisme de la police face au commerce de la drogue. Un coup terrible pour le tourisme.

Il avait acquiescé poliment de la tête mais restait convaincu du contraire.

— Peut-être, oui, mais à tout prendre, les policiers auraient préféré devoir résoudre un assassinat. Pantani assassiné, rends-toi compte, c'était l'affaire de leur vie…

Fallait-il croire à ce héros faustien qui se serait laissé mourir de désespoir ? A cette théorie de Cesare Pavese, selon laquelle les suicides sont des homicides timides. « Masochisme au lieu de sadisme » ? Je remâchais tout cela sans trouver de réponse. « Et puis qui aurait eu intérêt à le tuer ? » ruminait Rossini. Qui ? Un dealer occasionnel, un partenaire de jeu, la mafia russe pour qui la peau d'un homme ne vaut jamais très cher. Que sais-je encore ? Un racket qui tourne mal. « Tout le monde et personne à la fois, j'ai dit. Il a très bien pu faire une mauvaise rencontre, se fourrer dans un sale pétrin sans que personne le sache… »

Le juge était bien placé pour savoir ce que les journaux nous rabâchent à longueur d'année, que le vice et la violence sont monnaie courante. Je n'avais pas voulu pousser plus loin le raisonnement mais je restais convaincu d'une chose : Pantani n'était pas mort d'une simple intoxication aiguë de cocaïne, à tout le moins d'une overdose de solitude, de déprime, de nostalgie, mort par manque d'échange ou d'affection, mort de lassitude à force de vouloir briser le conformisme ambiant et cet ennui palpable qui vous saisit l'hiver sur les routes désertes de l'Adriatique où vous n'avez qu'une irrépressible envie : monter dans votre voiture, tourner la clé de contact, pour fuir, pied au plancher, ces horizons mornes, prédéfinis, qui tiennent lieu de villégiature à ceux qui s'y rendent l'été en quête d'un improbable eldorado.

*

Les témoignages que je recueillais auprès de ses anciens partenaires de la Mercatone s'enrobaient de non-dit. Ils biaisaient en quête d'absolution ou s'attribuaient un rôle éminent qu'ils n'avaient pas tenu. Sa mort brassait trop d'interdits, de secrets inavouables pour qu'ils se hasardent à briser l'omerta et ce lien de soumission inaliénable qui les avait unis à leur ancien leader, ce qui, par un effet retors, avait contribué à l'isoler davantage quand il avait cédé aux mirages de la cocaïne. Roberto Conti, heureusement, n'avait pas eu ce genre de réticence. Il avait accepté de me parler par

« devoir de mémoire » et sur la foi de certains « principes éducatifs » qui l'avaient aidé à se construire une morale. Il avait trop souffert de voir Pantani se détruire dans une vie d'esquive pour ne pas alerter les jeunes contre les leurres de la cocaïne. Il m'avait donné rendez-vous au restaurant de l'Hotel Molino Rosso, qu'on aperçoit du bord de l'autoroute Bologne-Ancône, à la hauteur du péage d'Imola. C'était en novembre. La soirée était lugubre, et la campagne à peine ressuyée d'une averse. Dans la salle, il n'y avait que deux clients, des représentants de commerce qui parlaient argent à l'une des tables voisines. Leur conversation résonnait jusqu'à nous. Vêtu d'un costume sombre, d'une cravate orange, Conti travaillait depuis quelques mois dans un bureau de placement. Il n'avait plus qu'un vague rapport avec le gregario de Pantani, au visage famélique, assombri par des cernes profonds et noirs que j'avais fréquenté dans les courses. Il paraissait un autre homme, débonnaire, étonnamment rajeuni, soulagé d'en avoir fini avec ce climat de paranoïa aiguë qui l'affectait comme tous les autres coureurs depuis que la police s'activait à démanteler tous les trafics de produits dopants. En juillet 1994, Conti avait connu une sorte d'apogée en s'adjugeant la prestigieuse étape de l'Alpe-d'Huez. Puis il avait marqué le pas et Pantani l'avait sauvé du chômage et d'une certaine détresse existentielle en l'engageant dans sa garde rapprochée. Il en concevait une réelle fierté et la conviction d'avoir servi un grimpeur de très haute lignée. (« Peut-être le plus grand de l'histoire », avait-il murmuré.) Il s'était rappelé un curieux épisode qui s'était produit dans la Marmolada, où il devait durcir le rythme de l'ascension, afin de préparer l'attaque de Pantani, ce dont il s'était chargé avec ce fond d'asservissement inépuisable qu'un gregario peut témoigner à son leader. « J'avais tout monté à bloc mais quand je me suis retourné à deux kilomètres du sommet il était encore dans ma roue et moi j'étais exténué. Et c'est là qu'il m'a dit : T'inquiète pas, bientôt j'attaque mais dans le dur, dans la Marmolada, pas avant... C'est bien ce qu'on avait dit non ? »

Ce souvenir le remplissait d'une joie enfantine.

— Cela faisait longtemps qu'on y était dans la Marmolada, et il était bien le seul à ne pas s'en être aperçu !...

Il aurait pu en parler des heures de ce Pantani-là, loyal, sans concession, comme protégé des dieux, qui avait développé, mûri une conception virile du champion cycliste, qui lui faisait dire : « C'est quand le col se fait dur que les durs commencent à jouer. » Conti éprouvait une reconnaissance indéfectible pour le Pantani militant, qui se posait en s'opposant aux caciques du système, pour le champion bafoué, à l'innocence outragée, jaloux de ses prérogatives, qui s'était fait servir des langoustines après sa victoire sur Armstrong dans le Ventoux, ou bien encore pour le loup solitaire qui descendait prendre son petit déjeuner une demi-heure avant ses équipiers pour ne pas avoir à soutenir des conversations sans fond – la plupart du temps, des considérations tactiques sur l'étape à venir – qui ne l'intéressaient que d'assez loin. « C'était un sacré coureur, il faut l'écrire, le rappeler si besoin est, m'a-t-il dit, mais il n'était pas dupe. Ce n'était pas un exemple. » Trop de drogues, de défonces étaient venues altérer leur relation, au point qu'il ne parvenait plus à faire abstraction de l'« autre » Pantani, la face noire du personnage, un être incontrôlable et maléfique, perverti par son addiction à la cocaïne, qui l'avait accueilli un jour, lui et Fontanelli [1], avec un pistolet à la main, devant un film pornographique qu'il repassait en boucle parce qu'il croyait avoir reconnu Cristina, sous les traits d'une des actrices.

Conti avait baissé la voix et rapproché son visage près du mien pour ne pas ébruiter notre conversation.

« Il était debout devant sa télé et il hurlait contre ses salauds, ces enfants de putain qui avaient tourné le film. Il disait qu'il les retrouverait même s'il devait y mettre du temps, et alors, il les tuerait, et quand on avait cherché à le calmer, à le raisonner, il avait braqué son arme contre nous et nous avait crié de foutre le camp ! »

Il avait alors pris sur lui de contacter le docteur

1. Fidèle équipier de Pantani.

Greco, du SERT (service pour les toxicomanes) de Ravenne, un spécialiste des doubles addictions, auteur quelques jours auparavant d'un séminaire intitulé : « La chute des dieux : psychopathologie et prise en charge du cocaïnomane ». Il avait fait ce qu'il croyait être de son devoir pour sauver Pantani mais trop tard, et il se reprochait encore d'avoir trop longtemps cautionné ce jeu de simulacres, et d'allégeance entretenue par Manuela Ronchi. Ces souvenirs remuaient en lui un vieux fond de tristesse.

— Je sais que c'est trop tard pour avoir des regrets mais c'est dommage. Dans le Giro, j'avais senti qu'il cherchait à donner un sens à sa vie…

Il avait laissé son regard se perdre vers les immenses baies vitrées du restaurant, ruisselantes de pluie. La salle était vide. Les deux autres clients avaient réglé l'addition, ils n'allaient pas tarder à s'en aller. A quelques pas de nous, un serveur, serviette blanche sur le bras, faisait le pied de grue devant le chariot de fromages.

— Je crois qu'il commençait à faire son bilan, avait-il repris, à comprendre que s'il avait choisi de fonder une famille, au lieu de gâcher ses nuits en discothèque, rien de tout cela ne serait arrivé…

Il l'avait revu pour la dernière fois, en octobre, avec Fontanelli, quatre mois avant sa disparition. Ils avaient prévu d'évoquer ensemble la création d'une nouvelle équipe sponsorisée par la Stayer que

Manuela Ronchi s'attachait à monter en coulisse. Mais la dépression le rongeait.

— On avait dû sonner trois ou quatre fois avant qu'il ne se décide à actionner le portail automatique, après on était restés assis une demi-heure dans le salon sans rien dire. Fontanelli zappait d'une chaîne à l'autre. Puis l'un de nous a dit qu'il avait soif, qu'il boirait bien une bière mais le frigo était vide, il n'y avait rien à manger hormis une vieille pomme pourrie, toute noire, qui traînait dans un coin…

Pour faire diversion, ils lui avaient proposé d'aller déjeuner en ville mais il avait secoué la tête en signe de refus. « Ne m'en veuillez pas, mais je préfère que vous partiez, j'ai besoin de dormir » avait-il coupé soudainement. Comme ils s'apprêtaient à prendre congé, il les avait interpellés sur le perron. « Ce n'est plus la peine de revenir ; s'il y a lieu, c'est moi qui vous ferai signe… » Et, d'une main lasse, il avait refermé la porte derrière eux. Sur dix ans d'amitié.

*

7 novembre 2004
Quelques mois après la fin de l'instruction.

D'un abord courtois, le juge Paolo Gengarelli, cheveux gris ondulés, poignée de main ferme, me reçoit dans son bureau du nouveau palais de justice de Rimini, inauguré en pleine instruction. Premier constat : l'homme a du charme, de la prestance et sa distinction s'accompagne d'un goût très sûr dans le choix de ses vêtements : veste bleu marine, de bonne coupe, en laine et cashmere, chemise bleu ciel à col ouvert assortie à ses yeux, chaussures anglaises style Church en cuir souple, faites pour durer.

Il parle posément, d'un air las, sans jamais hausser le ton, impose ses propres respirations à la conversation, en change quand le thème abordé lui paraît épuisé, une manière comme une autre de me rappeler que c'est lui qui mène le jeu. Au préalable, il tient à m'avertir. S'il est prêt à débattre, il rejettera toute surenchère. Extraite de son contexte émotionnel, la mort de Pantani n'est qu'un fait divers parmi d'autres. A une différence près mais de taille, il en convient, « le personnage était mondialement célèbre ». Ce qu'il retient de l'instruction ? Une sensation mitigée, plutôt défavorable, de la famille Pantani. La mère lui avait livré des informations, fourni des puces téléphoniques, la liste des dernières personnes à être entrées en relation avec son fils mais avec une théâtralité qui l'avait incommodé. Quant au père, il s'était exprimé de façon « synthétique », sans vraiment répondre à ses demandes. Son côté revêche, obtus l'avait frappé. Paolo Pantani avait toutes les raisons de collaborer avec la justice mais il n'avait rien dit par pudeur, ou par crainte que ses propos ne soient utilisés, déformés ou, pire encore, déballés en place publique. « Il aurait voulu bizarrement que tout reste confidentiel, avait soufflé le juge en haussant les épaules, que rien ne filtre comme si cela était possible. »

Je l'interroge alors sur ce qui m'apparaît essentiel à la compréhension des choses : les mœurs et pratiques sociales de la côte Adriatique et l'étonnante bienveillance de la police locale face au trafic de cocaïne. Loin de l'embarrasser, ma question l'amuse.

« La Riviera Romagnola, c'est, comme on dit ici, la Riviera dello sballo ou si vous préférez, la Riviera de tous les vices. » Dans cette partie de l'Italie, les dealers prolifèrent comme des cafards. Impossible de s'en débarrasser. « On en prend un, on l'enferme, un autre a déjà pris sa place... » Pour me prouver que le phénomène n'est pas récent et se teinte d'une certaine fatalité sociologique, il me dresse un rapide historique : revient sur l'explosion des discothèques au début des années 80 ; revient sur l'apparition de l'ecstasy suivie de l'invasion des travestis chassés de France et du bois de Boulogne. La plupart s'étaient rabattus sur cette frange de l'Adriatique où, l'hiver, les appartements se louent à bas prix. Tout en tapotant son bureau du bout de son stylo-plume, il me décrit l'ampleur du mal, sa diffusion, l'avènement de cette génération manufacturée du « no coke, no party », dont m'avait parlé un confrère de Rimini. (« Qu'ils soient commerçants, chefs d'entreprise ou simples ouvriers, ici, les gens se tirent un rail en discothèque comme ils prennent un café. ») La drogue, donc, comme un mal endémique. D'après les sondages, ce fléau touchait deux millions d'Italiens, toutes couches sociales confondues.

— On trouve tellement de cocaïne que des milliers de gens ne viennent ici l'été que pour ça, voilà pourquoi Pantani y venait lui aussi, d'autant qu'à Cesenatico il se sentait très surveillé, avait-il relancé.

Ce que je comprenais, c'est que la cocaïne – la neige, la blanche, la roba ou bien encore la pisse de chat, son nom de code quand elle est jaune et pure – que la cocaïne, donc, à ce degré de tolérance était un attrait du tourisme local, l'un des premiers rouages d'une économie occulte, très florissante selon le vieux principe des vases communicants. Elle remplit les discothèques qui remplissent les hôtels, qui remplissent à leur tour les établissements balnéaires.

Revenant à Pantani, il rejetait la thèse d'un suicide, d'un acte prémédité.

— Il avait trop de projets pour ça, et pas de minces projets. Il parlait d'acheter des vignobles dans les collines de Bertinoro pour y produire du vin, de faire le tour du monde en bateau.

Pas de suicide donc mais pourquoi avait-il écarté d'emblée la piste de l'homicide et du crime crapuleux ?

A ses mots il s'était redressé dans son fauteuil. Après tout, les journalistes sont là pour agiter les braises, c'est leur fonction première, mais à chacun son rôle. Gengarelli jouait le sien à la perfection en affectant une fausse désinvolture.

— Les policiers avaient trop d'éléments tangibles en main pour qu'on prenne en compte la piste d'un assassinat : les signes d'inquiétude de Pantani, ses appels répétés à la réception, et puis il déplace les meubles, brise des objets, dialogue avec la télévision, la jette par terre, mange de la cocaïne, etc. Il était en plein délire. D'ailleurs, n'importe quel autre client à sa place aurait été chassé de l'hôtel…

Pour renforcer ses déductions, il m'avait lu quelques lignes d'un procès-verbal.

« … Pantani rencontre son dealer, Miradossa, pour la première fois vers la fin octobre 2003… Le 12 ou 13 janvier, veille de son anniversaire, il achète cent grammes de cocaïne à Miradossa… »

Il avait tourné la page et poursuivi sa lecture :

— le 26 janvier, un lundi, il recommence, en achète encore cent grammes… Ensuite, s'il part de Milan, c'est pour un seul et unique motif, parce qu'il a rendez-vous le 9 février avec un de ses dealers…

D'après lui, Pantani n'était pas là dans une situation inaugurale. Sa mort n'était que l'histoire d'une récidive.

Relevant la tête, insistant sur ce point :

« Il était là dans ses habitudes. Il avait l'habitude de s'enfermer dans un hôtel ou chez lui, dans sa villa, pour se droguer, l'habitude de créer l'obscurité, de pousser le chauffage à fond, il l'avait déjà fait à Rimini, en décembre…. »

Grâce à la célérité des enquêteurs, au déploiement des forces policières, l'instruction avait été bouclée en moins de deux mois. Un temps record. La presse locale avait donné des chiffres :

700 heures d'écoutes téléphoniques.

100 heures de travail supplémentaire.

84 témoins entendus sur les trois pistes retenues par les enquêteurs : 1) la drogue ; 2) le sexe ; 3) le dopage.

Un dispositif inhabituel, jamais déployé en pareil cas, et compliqué par le simple fait que « le défunt n'avait plus son portable », l'ayant oublié à Milan, dans les heurts d'une violente discorde avec son père. « Avec le peu d'éléments dont on disposait à la Résidence Le Rose, on a pu mettre au jour toutes les connexions entre les appels téléphoniques, la drogue et les dealers, l'un d'eux a même avoué, que voulez-vous de plus ? »

Tout était simple et limpide et pouvait se résumer à ces quelques statistiques comptables, des milliers d'appels téléphoniques répertoriés, passées au tamis par cinq policiers, et plus de quatre-vingts témoins à raison de vingt à trente minutes par témoin. Il me laissait faire le calcul. Toutes les composantes du drame étaient posées. Ils avaient tout reconstruit, et s'il y avait un trou dans l'emploi du temps du défunt, ce trou n'excédait pas dix minutes. « Oui dix minutes, pas plus. » Un vide mémoriel pendant lequel Pantani aurait pu quitter l'hôtel, téléphoner d'une cabine publique, croiser une personne de sa connaissance, un dealer ou un inconnu qui l'aurait entraîné là où il ne voulait pas aller. « Possible, oui, bien sûr, on ne peut rien exclure, mais peu probable, on l'aurait reconnu. Les fiches d'appels des cabines environnantes ont d'ailleurs été vérifiées… »

Admettre que Pantani avait pu quitter l'hôtel à l'insu du réceptionniste revenait à considérer qu'un intrus eût pu subrepticement s'y glisser. Pour avoir fréquenté pas mal d'hôtels dans mes pérégrinations professionnelles, je sais par expérience qu'il est facile de déjouer la vigilance d'un concierge, c'est même un jeu d'enfant, surtout s'il existe, comme c'était le cas à la Résidence Le Rose. une issue de secours côté plage. Mais pour le juge. ce qui ne pouvait pas être formellement acté, comme un fait indubitable, n'était que chimère, invention, pure supposition. Objection sans fondement. Les traces de coups sur le front ? Pantani se les était faites tout seul en tombant : « Aucune des marques relevées sur son cadavre ne pouvait faire penser à une agression », assurait-il. Pas de lésions importantes, donc, mais un désordre invraisemblable qui légitimait qu'on puisse imaginer le pire. Giuseppe Fortuni n'avait pas ressenti autre chose en pénétrant la première fois dans la chambre D5. (Je réentends ses propres mots : « Mon premier sentiment, c'est qu'il y avait eu lutte. ») Mais Gengarelli, lui, ne variait pas son jugement d'un iota. « Pourquoi chercher midi à quatorze heures ? Sa porte était fermée de l'intérieur, le concierge a dû prendre un passe, forcer le passage pour rentrer, lui aussi nous a confirmé qu'il n'y avait pas de signes de lutte ni d'effraction… »

Etrange, sa façon de s'en remettre aux conclusions d'un témoin pour en déduire qu'il n'y avait là rien de suspect, en dépit des meubles descellés, déplacés, de l'appareil à air conditionné arraché, en dépit du drap blanc et de l'antenne de télévision noués sur la rampe d'escalier, en dépit des blessures apparentes sur le cadavre de Pantani. Des heures d'instruction certes, mais pour finir, ses pâles certitudes reposaient sur les allégations tout aussi fragiles du concierge, du propriétaire et de la femme de chambre, les trois membres de la Résidence dont on sait qu'ils s'étaient introduits dans le périmètre inviolable du drame une bonne heure avant l'arrivée de la police. Un ou une (autre ?) employé(e) avait pris par ailleurs des clichés afin de les revendre à divers hebdomadaires. Sans succès.

Ce qui me troublait, c'était ce temps infini, vide de toute investigation, qui s'était écoulé entre dix heures trente et le premier appel angoissé de Pantani, réclamant du secours parce que des gens le « dérangeaient », et vingt heures trente, heure à laquelle Buccellato s'était enfin résolu, sur la requête de son patron Sandro De Luigi, à pénétrer coûte que coûte à l'intérieur de la chambre D5 pour y découvrir le corps inanimé de Pantani. Dix heures trente. Vingt heures trente. Il ne s'agissait pas d'un trou de dix minutes mais de dix heures ! Dix heures d'une lente agonie pendant lesquelles on nous dit qu'il ne s'est rien passé quand il avait pu se produire un certain nombre d'événements que les enquêteurs avaient volontairement ignorés, dans leur empressement à vouloir accréditer la thèse d'un huis clos sordide entre Pantani et son seul agresseur, la cocaïne. Pantani tué par Pantani dans un remake allégorique du docteur Jekyll et Mr. Hyde.

Voilà à quoi se réduisait sa tragique disparition : à un acte d'autodestruction. Dans le déni de la mafia russe, plus qu'agissante dans cette zone de l'Italie. Dans l'absolution de ses dealers qui fourmillaient dans son ombre et l'utilisaient comme l'un de ces guichets automatiques qu'il suffit d'actionner pour passer à la caisse.

Et que penser d'Elena Korovina ?

Qui était cette jeune femme russe, légèrement androgyne, aux cheveux auburn, coupés court, dont on sait aujourd'hui qu'elle avait présenté son célèbre client à celui qui était devenu son principal pourvoyeur, Fabio Miradossa ? D'un geste las, Gengarelli s'était emparé d'une de ses fiches et l'avait parcourue distraitement.

« … mariée ou plutôt séparée, vit à Brescia… ». « Je lis ici qu'elle s'était acheté une maison… »

Puis sur un ton plein d'ennui.

— Que dire ?… C'est l'une de ces nombreuses prostituées qui viennent sur l'Adriatique pour y gagner leur vie. Elles aiment la belle vie, la dolce vita, les voitures de luxe…

Il reposa sa fiche et lissa le revers de sa manche du plat de la main.

— … Rien de plus qu'une affairiste, conclua-t-il d'un air désabusé.

Le 26 décembre, cette « affairiste » avait emmené Pantani à l'Hotel Touring de Rimini dont le propriétaire était napolitain comme Miradossa. S'agissait-il d'une simple coïncidence ?

J'hésitais à l'entraîner sur ce terrain de l'arbitraire et de l'aléatoire, pourtant, l'affaire était truffée d'événements concomitants. Dans les moments critiques de sa vie, Pantani avait chaque fois séjourné dans des hôtels de la chaîne Touring :

Hotel Touring de Madonna di Campiglio
Hotel Touring Miramare à Rimini
Jolly Hotel Touring de Milan

Et ses deux dernières compagnes, Cristina Jonsson et Elena Korovina avaient toutes deux travaillé pour l'Angel's Agency de Fabio Carlino dont le siège était situé en face de la Résidence.

Parmi d'autres faits contingents, il y avait aussi l'étrange proximité de Piotr Ugrumov, l'ancien grimpeur russe, de la Gewiss-Bianchi, troisième du Tour de France en 1994. Au moment des faits, il habitait l'immeuble de construction récente, flanqué d'une pharmacie au rez-de-chaussée, contigu à la Résidence Le Rose. Peu de jours avant le drame, il était allé dîner au restaurant le Rimini Key où il avait appris qu'il avait Pantani pour voisin. Il s'était aussitôt promis de lui rendre visite et ne l'avait pas fait mais, de sa fenêtre, qui sait s'il n'avait pas vu les ambulanciers sortir le corps inerte de son ancien rival sur un brancard.

Tous ces faits n'étaient pas forcément concordants mais leur imbrication participait à renforcer ce halo de brume, cette pointe d'irrationnel et d'intrigue qui entoure ce drame dont je commençais à pressentir qu'à moins d'un aveu tardif ou d'une dénonciation, il ne serait jamais élucidé. Sinon par le jeu improbable du hasard.

*

Un soir de novembre 2004
Hotel Miramare de Cesenatico.

« Il faut que quelqu'un fasse la clarté sur ce qu'il a pu subir, moi j'ai trop peur d'entrer dans sa vie, j'ai trop de rage, vous comprenez ? « Manola Pantani était arrivée à l'heure dite, boudinée dans une veste et pantalon de coton noir, dont la sobriété de ton jurait avec ses bottes santiag en cuir fuchsia, assorties à son rouge à lèvres un peu trop rouge. L'accompagnait Sabrina, une ancienne fiancée de Marco. Depuis les obsèques, les deux jeunes femmes ne se quittaient plus, l'une cherchant dans l'autre les reflets d'un passé mort et enterré. Nous avions dîné dans cet hôtel de la côte, un peu désuet, où je prenais pension à chacun de mes séjours sur l'Adriatique. Au-delà des baies vitrées, la nuit détourait les quais de l'embarcadère dans une lueur aqueuse et chancelante d'aquarium. « Je suis sûre que des gens l'on aimé, apprécié, que ces gens savent que mon frère n'était pas qu'un drogué », avait-elle repris d'un air lointain, sans même me regarder, comme si elle poursuivait un rêve intérieur. Puis ceci : « Sabrina me dit souvent que je lui ressemble. Vous trouvez vous aussi ? » Il suffisait de cligner un peu les yeux, de se concentrer sur le bas de son visage, pour le revoir. Même dentition, même sourire fêlé, désarmant de gentillesse et de mélancolie. De leur enfance, elle conservait le souvenir des premières grandes vacances familiales, l'été, dans un camping de Bagno di Romagna. Ils se défiaient au bras de fer et au karaoké, sur des chansons d'amour de Mietta. « Vous savez, mon frère aurait beaucoup aimé être chanteur. » Il n'y avait pas renoncé. Avec un auteur compositeur, Marcello Pieri, il avait écrit une chanson sur la nappe en papier d'une pizzeria (dont les paroles disaient « Je m'en irai comme je suis venu, sur la pointe des pieds ») et peu de temps avant sa mort, parlait de concourir au Festival de San Remo. Comme tous les gens de la côte, Marco était très attaché à ses racines, à Cesenatico, mais la célébrité l'avait éloigné des siens et Manola en avait beaucoup souffert, plus encore maintenant qu'il n'était plus là. Elle se souvenait qu'un jour, à Cesena, comme il lui conseillait l'achat d'un jean, le vendeur lui avait demandé si elle était sa fiancée, ce qui bien des années après, la faisait encore rougir. « Marco était très pudique, très secret et c'est sans doute pour ça qu'il me tenait à l'écart de sa vie, de crainte que j'interfère dans ses histoires de cœur. »

Ses histoires de cœur ?

Un premier amour l'été de ses quinze ans avec Cristina, une Milanaise. Une brève idylle avec une certaine Monica, qui l'avait trahi entre deux hommes. Puis il y avait eu Sabrina, la jeune femme qui me faisait face, « un Buffet », m'étais-je dit en la saluant. Un visage diaphane tout en angle, de longs cheveux blonds tirés en arrière soulignant des yeux clairs en forme d'amande. Ils s'étaient fréquentés pendant un an, avant que deux colombes ne fassent irruption dans l'appartement de la Via dei Mille, un soir du mois de septembre 1995. Pour Sabrina, un signe et un mauvais présage. « Je lui ai dit qu'il fallait brûler les draps, les coussins, les tissus bizarrement, il m'en a beaucoup voulu pour ça. »

Il avait gardé les draps et brûlé leur histoire. « Et pourtant, quelques jours plus tard, il faillit perdre la vie dans la descente du Superga… » avait-elle ajouté, pleine de regrets.

Marco marchait encore avec des béquilles quand il avait croisé Cristina dans une discothèque puis quand les choses entre eux s'étaient gâtées, il avait opté pour des formes d'amour secondaires. De là sa confondante solitude. Son goût pour les plaisirs tarifés, les putains. Là au moins, il savait à quoi s'en tenir.

*

Vie et mort de Marco Pantani

Avril 2004.

J'étais à Paris, je mettais des notes à jour quand le téléphone avait sonné. « Vous vous souvenez ?... Las Palmas... en janvier l'année dernière... » Je restais dans le vague. « Tramezzino ! » avait-il insisté. « Rappelez-vous, nous avions sympathisé avec Marco au bar de l'hôtel, jusque tard dans la nuit. » Maintenant je me souvenais. Tramezzino était ce tifoso que j'avais croisé en février 2003 aux Baléares où il était venu partager les entraînements de Pantani. C'était la raison de son appel : son désir de récupérer les photos prises par le photographe de mon journal. « Maintenant qu'il est mort vous comprendrez qu'elles ont pour moi une valeur inestimable... » Passant par Rimini, fin avril, je l'avais recontacté et il m'avait rejoint à la terrasse d'un café ouvert sur une rue du centre historique, encombrée de tréteaux chargés de marchandises. C'était jour de marché. Une légère odeur d'anchois flottait dans l'air. Elle transportait les cris des maraîchers, des rémouleurs et vendeurs de couteaux. Dans les rues, de larges banderoles de toile rouge carmin annonçaient la prochaine tenue d'une Mostra en honneur de Giulietta Masina, actrice et femme de Federico Fellini. Tramezzino avait choisi une table à l'écart. Tramezzino a-t-il tenu à préciser n'était pas son vrai nom mais le nom des petits sandwiches triangulaires au pain de mie, garnis de thon, qu'il avalait sur le pouce quand il était représentant en pierres précieuses et courait l'Italie. Il pesait cent dix kilos, ce qui était difficile à imaginer car c'était devenu un bel homme, mince, presque ascétique, au visage énergique qui gérait une joaillerie avec sa femme dans le centre-ville de Rimini. Où et quand avait-il rencontré Pantani ? « En 1998, sur le Giro, je lui avais offert des boucles d'oreilles pour toutes les émotions qu'il m'avait données » m'a-t-il répondu en précisant qu'il n'avait jamais cherché à en tirer profit sur le plan commercial. « Pourtant, ces boucles furent à la base de ce nouveau personnage du Pirate qui a tant fait pour sa légende » avait-il ajouté, non sans fierté. Il s'arrangeait pour aller le saluer au départ d'une course, ou pour le croiser à l'entraînement, s'étant mis lui-même à pratiquer le cyclisme. Il me raconta tous les efforts qu'il avait dû déployer pour approcher Pantani, son cercle de confiance, et cette étrange complicité, hors norme, qui les avait liés, dans les derniers mois de sa vie, en dehors des réseaux sociaux, et des affinités corporatistes, à l'insu de la presse, et de cette immense célébrité qui contraignait le champion romagnol à vivre en vase clos. « De temps en temps, il passait me voir à la boutique, un jour je l'avais même emmené chez un ami barbier, un des derniers barbiers de Rimini parce qu'il se sentait sale, mal dans sa peau. »

Il me rapporta en quelle circonstance il l'avait côtoyé d'un peu plus près. C'était peu de jours après le Tour d'Italie, en juin 2003. La presse italienne s'interrogeait sur la soudaine disparition de Pantani programmé pour courir le Tour de France au sein d'une équipe mixte en vertu d'un accord occasionnel que le nouveau manager des Mercatone, Davide Boifava, s'attachait à finaliser avec le groupe Vini Caldirola. Pantani étant entré dans une phase de dépréciation, cet effarant projet avait tourné court. Tramezzino m'avait alors confié les détails du voyage qu'il avait entrepris avec Marco Pantani. « Il semblait tellement perdu que je lui avais proposé de l'accompagner dans un lieu tenu secret où je l'aiderai à se reconstruire professionnellement, et le plus surprenant c'est qu'il avait accepté. Nous sommes alors partis par la route, avec ma voiture, par discrétion, à Saturnia (en Toscane) où il possédait une résidence secondaire. Pendant le voyage, il s'était déboutonné et m'avait raconté Madonna di Campiglio, le *Blitz* de San Remo, les pressions de Candido Cannavo qui avait menacé de le briser s'il ne cessait d'encourager les autres coureurs à faire grève contre les descentes policières. Cette histoire remonte à fin juin. Je gardais encore l'espoir de le remettre en selle, mais quand nous sommes arrivés à Saturnia, sa maison sentait la désolation. Le frigidaire, les placards étaient vides, alors le lendemain, je m'étais levé à sept heures pour aller faire provision de produits frais, de première nécessité, du lait, des céréales, de la confiture, du jus d'orange, mais à mon retour, je l'ai tout de suite vu, sur la terrasse, il marchait de long en large et rien qu'à son regard j'ai su qu'il n'avait pas dormi de la nuit. » Il se retenait pour ne pas pleurer. « J'ai compris qu'il avait transporté la cocaïne avec lui, dans ma voiture, et c'est ce qui fut le plus dur à avaler. Qu'il s'était servi de moi, de ma famille, de mes enfants, et pour un court instant, je me suis mis à le haïr. » Tramezzino s'était interrompu. Des larmes coulaient le long de ses joues. « Il ne se rendait plus compte des choses, mais ce jour-là, sur la route, si les carabiniers nous avaient arrêtés, je finissais en prison », avait-il ajouté d'une voix blanche. Il avait alors relevé la tête et m'avait adressé un sourire, plein de gratitude, peut-être parce que je l'avais laissé parler sans l'interrompre. En même temps, je ne pouvais ignorer les présomptions que Tonina avait longtemps nourries à l'égard de cet homme-là, dont elle citera le nom lors du procès conjoint de la Korovina et de Fabio Carlino. Aujourd'hui encore, la mère de Pantani a du mal à concevoir qu'un simple tifoso ait pu s'infiltrer dans l'intimité de son fils, en dépit des champs stériles et diverses protections que le staff de la Mercatone dressait contre les importuns. Lui-même n'ignorait pas les sentiments qu'il avait inspiré par le passé à la mère de Pantani. « Je sais qu'elle m'a longtemps pris pour un dealer. Mais au fond, je ne lui en veux pas. A l'époque, elle avait toutes les raisons d'être effrayée par le nouveau venu que j'étais », me fit-il observer, avec une sorte de résignation mais sans colère, comme on relève un fait contre lequel on ne peut rien. Pour ma part, je n'avais aucune raison de douter de cet homme, qui m'est toujours apparu franc et sincère, mais cette gêne qui venait de s'installer entre nous me confirmait que la cocaïne avait aussi vicié toutes les relations autour de Pantani. Tramezzino avait d'ailleurs pris soin de conserver tous ses relevés téléphoniques « au cas où la police viendrait me demander des comptes », avait-il conclu en laissant flotter sur ses lèvres l'amorce d'un sourire, un mélange de tristesse et de fascination pour une époque désormais révolue.

*

Lundi 21 février 2005
En Romagne.

Predappio n'est qu'à une quarantaine de kilomètres de Cesenatico mais il faut une bonne heure pour s'y rendre en voiture tant la route est sinueuse et sans grande visibilité. A partir de Sant'Arcangelo de Romagna, elle s'enfonce dans des forêts de chênes et de châtaigniers séculaires, en abandonnant derrière elle des ruines éparses d'anciens bourgs fortifiés. Dans ce recoin profond de l'Italie, les hivers sont de vrais hivers, rudes et sans échappatoire. Les étés caniculaires. En août 2003, après s'être fait exclure de la clinique du Parco dei Tigli, à Villa di Teolo, pour avoir tenté d'y introduire de la cocaïne en fraude, il avait emprunté cette route, dans une dernière tentative désespérée, d'installer de la distance entre ses dealers et ce champ aride et désolé qu'était devenue sa vie. Il ignorait qu'il passerait sept mois, sous la tutelle de Michel Mengozzi, à contre-courant de ses habitudes, dans ce petit bourg enclavé qui n'est pas qu'un simple point sur une carte routière. Predappio, c'est d'abord le berceau du fascisme et de Benito Mussolini dont la maison natale – une sorte de bastide en meulière – s'érige en retrait de la Piazza Garibaldi, à l'amorce du Viale Giacomo Matteotti où deux commerces de « souvenirs », richement approvisionnés, bradent une quincaillerie de bazar pour nostalgiques impénitents : des bannières de « Forza Nuova » – parti de l'extrême droite italienne –, des croix gammées, des bouteilles de vin étiquetées à l'effigie du Duce et d'Hitler, des bustes de Mussolini en laiton, à 120 euros pièce, des matraques (avec en incise ce slogan fascisant « Bio chi molla ! », autrement dit « Ne vous rendez pas ! ») et des chemises noires. C'est là que Michel Mengozzi m'attendait, à l'entrée du pays, debout contre sa voiture, une cigarette entre les doigts. Il portait le même blouson bleu pétrole que lors de notre première rencontre deux ans auparavant au kiosque des Pantani. De là nous avions suivi ce qui devait être une ancienne sente forestière jusqu'à la colline de Tivella où le soleil effilochait ses derniers feux sur la cime d'une rangée de conifères. Mengozzi s'était alors garé devant un pavillon anonyme, au crépi beige, entouré de thuyas, avec une cour au sol gravillonné et des chiens de chasse enfermés dans des box grillagés. Le dernier endroit où mettre les pieds quand on est oppressé. Pantani y avait connu une longue période de rémission (selon le docteur Greco, « très bien contrôlée sur le plan pharmaceutique »). Soixante-quatre jours d'abstinence, de sevrage absolu, de septembre à novembre, sans plus de contact avec ses dealers. « Des sangsues qui ne songeaient qu'à lui sucer le portefeuille » avait susurré Michel avec une sorte d'accablement rétrospectif. « A l'époque, j'ai vraiment cru qu'il s'en sortirait » avait-il ajouté sur le perron, alors qu'il enfonçait ses clés dans la serrure. Je m'étais alors retrouvé au milieu de l'immense salon qui faisait office de cuisine. Près de l'évier, trônait une grande table en bois verni, et dans l'angle opposé, un divan et une armoire à fusils bouclée par un cadenas en acier. C'était de cette pièce que Marco m'avait appelé, la dernière fois, au téléphone. Du salon, nous étions passés dans la salle de bains, équipée d'une vasque hydromassage, qui faisait son orgueil. (« Vous voyez, il avait tout ici pour être bien, avait-il enchaîné, en parlant de Marco, mais quand il était en crise, il ne se lavait jamais. ») Il avait alors poussé une autre porte qui s'était ouverte, en crissant, sur une pièce monastique, meublée sans façon, d'une petite table de bureau, d'une armoire et d'un lit métallique dépareillés. Les murs étaient nus, les stores baissés.

L'austérité du lieu m'avait glacé les sangs.

— Ça, c'était sa chambre, m'avait lancé Mengozzi.

En venant à Predappio j'entretenais le vague espoir d'entrer une dernière fois en « résonance » avec Pantani mais ce n'était qu'un leurre. A part quelques photos de lui, qui croupissaient au pied du lit, dans la poussière, il ne restait plus rien de son passage. Mengozzi avait d'ailleurs dû lire dans mes pensées car il s'empressa d'ajouter : « Quand il est mort, je n'ai rien voulu garder, j'ai tout dispersé. Je me suis même séparé de sa petite chienne Sara. Il passait son temps à la caresser. Je crois que je n'aurais pas pu supporter de la voir là, tous les jours. » On s'était assis autour de la grande table. Il était désolé mais il n'avait rien à m'offrir pas même un café. Il cherchait ses mots : « Vous savez, tout n'a pas été noir, on a passé de sacrés bons moments ici, mais ça n'a pas été une mince affaire. Il fallait le distraire, organiser les journées, trouver chaque jour de nouvelles stimulations », m'a-t-il dit.

Lorsqu'il faisait beau, ils descendaient à la rivière, jouaient au tennis ou bien aux cartes, à la scopa, dans l'arrière-salle d'un bistrot, en avalant des *piadine* fritte, des *pasta al forno*, avec les vieux du village.

Le week-end, ils partaient traquer le sanglier, avec toute une équipe de chasseurs que Michel s'activait à rassembler.

Souvent, ils s'en allaient dîner chez Franco Corsini, sur le port de Cervia.

Michel avait fait aménager une salle de musculation au sous-sol qu'il me fera visiter, un endroit insalubre, sans fenêtre et sans aération, sis entre quatre murs en parpaings. Pantani y passait toutes ses matinées à soulever de la fonte, ce qui en disait surtout long sur son désir de repliement. « Nous avons vécu de vrais et bons moments mais c'était épuisant », avait répété Michel.

Il disait avoir fait tout son possible pour aider Pantani à se désintoxiquer. Il paraissait sincère et cependant, quelque chose sonnait faux. L'embellie d'ailleurs n'avait pas duré. En novembre, ils étaient partis tous ensemble (avec Franco Corsini) en vacances à Cuba. Pantani y avait lié une courte idylle avec une jeune Cubaine. Il y avait aussi croisé son idole, le footballeur Diego Maradona, bouddha poussif entouré de body guards, en cure dans une clinique de la Pradera. Et au retour les choses s'étaient gâtées. Marco avait repris ses mauvaises habitudes et s'était mis à fréquenter une jeune femme, Elena Korovina, dont on sait maintenant qu'elle servait d'entremetteuse à un dealer notoire. « Le problème avec Marco, ce n'était pas seulement la cocaïne, c'est qu'il avait beaucoup d'argent, un compte courant de cinq millions d'euros, il pouvait tout se permettre, s'en procurer tant qu'il voulait. » Quand il devait s'absenter, il s'arrangeait pour le laisser sans argent, sans voiture. Mais avec le temps, Marco s'était mis à réclamer davantage de liberté. « Je me suis mis à vérifier ses puces de téléphone, à le fliquer quand il prenait sa bicyclette. S'il partait par le haut, vers Premilcuore c'était plutôt bon signe, il n'y a que des collines. Mais s'il se dirigeait vers le littoral, vers Rimini, je le filais en scooter, sans me faire repérer, ou j'appelais Tonina, pour qu'elle aille à sa rencontre avec sa voiture, car alors il n'avait qu'une idée, trouver de la cocaïne. » Le chef des carabiniers de Predappio était au courant de toute cette drogue qui circulait chez lui. « Je l'avais prévenu, par précaution. » Il pouvait venir quand il voulait, après tout je n'avais rien à cacher et le docteur Greco m'avait aussi mis en garde. Si Marco exagérait avec la cocaïne, il risquait l'infarctus, c'était à mes risques et périls. Je vivais avec la peur qu'il ne meure chez moi. » Il s'était alors lancé dans un long monologue inquiet, ininterrompu, sur l'ingratitude des choses. Chacun en prenait pour son grade. Manuela Ronchi, la manager. « Une semaine ou deux, voilà ce qu'elle m'avait dit, le temps de trouver une autre solution. Et finalement, ça a duré sept mois !... » Marco Pantani. « Il disait on part en Croatie, c'est moi qui offre le voyage mais sur la route, il s'endormait, je réglais l'essence, l'autoroute, 1 000 euros par-ci, 1 500 euros par-là, des sommes que je n'aurais jamais dépensées pour moi... » Plus vindicatif encore, à propos des parents. « J'avais beau leur dire que la garde de Marco coûtait cher, plus cher qu'ils ne le pensaient, ils continuaient de me payer au compte-gouttes. A la fin, on s'est pris le bec pour des histoires d'argent. Eux, ils en avaient beaucoup mais ça ne semblait pas les apaiser. »

Quand j'avais cherché à en savoir plus sur les habitudes de Marco, sur ses fréquentations à risque, il éludait, répondait avec un signe de tête ou changeait de sujet. Il restait suspendu à l'échéance du procès Carlino où il serait appelé à témoigner. Il avait hâte que cette histoire se termine. « Je n'ai rien à redouter. Mais quand je repense à tout ça, je me dis qu'heureusement que le juge m'a cru, sinon je finissais parmi les suspects. »

Aujourd'hui encore, je ne sais ce qu'il faut penser de ce « drôle d'ami » ainsi que le dénommera, sur un ton sarcastique, Paolo Pantani, lors du procès de Carlino où le père de Marco Pantani avait souligné le caractère incohérent du personnage Mengozzi. Qui laissait son fils sans argent ni voiture, mais faisait en sorte de lui faciliter tous ses retraits bancaires. Qui était censé le préserver de ses tentations les plus noires, mais lui avait présenté une poule de luxe (ce que Michel démentira à la barre) maquée avec un dealer napolitain en cour dans les discothèques de Milano Maritima. « Oui, un drôle d'ami qui ne faisait rien pour rien » avait insinué Paolo Pantani, avant d'ajouter : « Il avait même cherché à se faire engager à la Mercatone. Il prétendait devenir son préparateur physique mais je ne vois pas en quoi il était compétent… Comme tous les autres, il voulait quelque chose de Marco, de l'argent, une situation… »

*

En décembre, il était retourné à La Havane.

Tout ce que je sais de ce deuxième séjour, je le tiens de Franco Corsini, l'un de ses amis, restaurateur à Cervia, d'après les éléments qu'il avait recueillis sur place.

Je reprends mes notes, vous les livre telles que je les avais écrites, en style télégraphique.

> Quand Pantani débarque à l'aéroport de La Havane, Nevio Rossi (l'un de ses dealers) est là pour l'attendre.

Plutôt que d'aller à l'hôtel, il loue une chambre d'hôte chez Dona Lidia Dios Fernandes, dans un quartier proche de la 23e rue, près du Vedado.

Se met à fumer du crack.

Alerté par téléphone Paolo Pantani supplie Mengozzi d'aller le rechercher à Cuba. Ce dernier accepte en échange de 20 000 euros, somme nécessaire à l'achat de deux billets en classe business – un pour lui, un pour Franco Corsini.

Les deux hommes le retrouvent en piteux état. Déshydraté. Un filet de sang s'écoule de son oreille. (Corsini : « Quand je lui ai dit qu'on était venus lui porter ses médicaments, il s'est senti soulagé et m'a souri en me serrant très fort dans ses bras ».) Il ne lui reste que 5 000 dollars en poche sur les 45 000 dollars qu'il possédait à son arrivée une semaine plus tôt. Il a perdu son permis de séjour et ses dealers lui ont troqué sa Rolex et son vélo Bianchi que Corsini se chargera de récupérer moyennant 3 000 dollars.

Pendant son séjour, il avait consulté un marabout et, sur ses conseils, il était allé jeter des fleurs à la mer. D'après la logeuse cette expérience l'avait bouleversé.

Sur une photo prise à Cuba et, publiée sur la *Voce di Romagna*, il pose à côté de Dona Lidia. Il est torse nu, vêtu d'un pantalon corsaire en toile légère de coton, à grosses rayures. Il sourit. Hormis un léger embonpoint, c'est l'homme que j'ai toujours connu.

*

Il avait passé Noël à Predappio où, pour le distraire, Mengozzi avait invité deux jeunes femmes, une Polonaise de sa connaissance qui s'était présentée en compagnie d'une Russe au regard de glace, aux lèvres et seins refaits, se faisant appeler Barbara. Elena Korovina venait d'entrer dans la vie de Marco. Née à Moscou, d'un père physicien nucléaire, elle s'habille en Gucci, se déplace dans une Audi noire cabriolet. Après de brèves études de stylisme, elle s'installe en Italie où elle se marie à Brescia avec un riche entrepreneur dont elle est séparée. Au moment des faits, elle vit seule à Riccione sur le Porto Canale et travaille en discothèque pour la même agence que Cristina Jonsson, l'agence de Fabio Carlino. Ancienne cubiste, elle mélange indifféremment les genres et les occupations. « Accompagnatrice de luxe » pour son agence, elle est aussi « femme escorte » (Selon un article de la *Voce di Romagna* « Pas de celle qu'on courtise avant d'aller au lit »). Sur son site internet, elle a fixé son prix : 300 euros pour une heure, 1 000 euros pour la nuit, et plus si affinités. Pour les flics ce n'est qu'une call-girl, une prostituée de luxe, qui « rentre à l'aube » à l'heure où les ouvriers se rendent au travail. Pourquoi Michel la fourre-t-il dans les pattes de Pantani ? Pour mieux le domestiquer ? C'est la seule question embarrassante à propos de Michel : s'il tenait à protéger Pantani contre ses propres déviances, à l'éloigner des tentations, pourquoi lui présente-t-il (ce qu'il finira par nier) cette intrigante, sans grande vertu, dont on sait qu'elle servait de relais dans des trafics de cocaïne ? Toujours est-il qu'ils sympathisent et se revoient à la Pineta, discothèque à ciel ouvert, en vogue à Milano Maritima où Pantani est reçu avec tous les égards d'usage, les attributs du VIP : table réservée, champagne à volonté, compagnie assurée, etc. Ils tombent sur Fabio Carlino, l'employeur d'Elena, accompagné d'un collaborateur, Marco Capelli dit « Pucci » – élégance surfaite d'un vieux mac, peau cuivrée, cheveux argentés, crantés, ramenés en arrière – et de Fabio Miradossa, un de ces noctambules patentés qui prétendent chercher du travail bien qu'ayant toujours deux ou trois mille euros de liquide en poche. Cette rencontre avait-elle été préméditée ? C'est elle, en tout cas, qui se charge des présentations.

Qui présente Carlino à Pantani.

Pantani à Miradossa.

Miradossa qui plus tard, dans les toilettes, offrira une ligne de cocaïne à Pantani, en gage d'amitié, « Appelle-moi si besoin », s'était-il empressé d'ajouter. Au cas où il égarerait son numéro de téléphone, rien de plus simple : Elena saurait toujours où le joindre.

Michel, Elena.

Carlino, Elena, Miradossa…

Qu'y avait-il de fortuit, de providentiel dans ce chassé-croisé ?

Elena était en tout cas disposée à lui tenir compagnie moyennant finance : 500 euros la soirée. 2 000 euros la journée. Le double de ce qu'elle réclamait à ses autres clients. Elle sera à la fois son chauffeur, sa distraction, l'élue de ses nuits blanches. Pantani se laisse faire et la rappelle à l'ordre, « n'oublie pas que je te paie », lui dit-il, quand elle déroge à leurs accords.

Fausto Coppi avait sa « dame blanche », Pantani a désormais sa dame noire.

*

Au lendemain des fêtes de Noël, c'est au bras d'Elena Korovina qu'il avait pris une chambre à l'Hotel Touring de Rimini où Miradossa avait des accointances avec le fils du propriétaire. D'après ce que j'ai pu comprendre Pantani s'y sentait « protégé ». Dans la soirée, le couple avait fait un détour chez Carlino où ils s'étaient procuré auprès de Miradossa tout le kit nécessaire pour fumer du crack : une bouteille perforée, des bougies et du bicarbonate. La cocaïne leur serait livrée plus tard, par « Peru » Cueva, un barman péruvien, « de confiance » avait précisé Miradossa, lequel avait également pris une chambre à l'hôtel, avec Rossano, parce que la chaudière de Carlino était défectueuse. Mais la nuit tourna court. Sous l'effet du crack, Pantani perdant tout contrôle se mit à déambuler dans les couloirs, à frapper aux portes voisines dans le plus simple appareil, en déblatérant des choses incompréhensibles. Le lendemain un couple de clients était allé se plaindre à la direction de l'hôtel, après l'avoir trouvé nu sur leur paillasson, une canette de Coca-Cola à la main. Selon des témoins, Elena Korovina aurait alors accusé Miradossa de leur avoir « refilé une drogue de très basse qualité », puis elle avait quitté l'hôtel, dans un état de panique prononcé, après avoir expédié deux sms alarmants sur le portable de Michel Mengozzi, afin qu'il alerte à son tour le docteur Giovanni Greco.

« Il était dix-neuf heures trente quand je suis arrivé dans sa chambre, rapportera le médecin. Les fenêtres étaient obturées par du scotch, la pièce pratiquement hermétique. Marco était allongé sur le lit en short et en tee-shirt, la température était très haute : 28, 30 degrés, ça sentait le renfermé, le drap était couvert d'inscriptions à l'encre bleue et la moquette était jonchée de canettes de Coca et de bière. Il y avait aussi une bouteille en plastique surmontée d'une bougie et de grandes quantités de cocaïne dans les tiroirs, 50 à 70 grammes, qu'on a détruites avec Michel. J'en avais sur mon manteau, mon pull, je m'en suis aperçu en passant la brosse. Quand il m'a vu (...) Marco s'est mis à sniffer devant moi, comme s'il entendait me rappeler qu'il menait sa vie comme il l'entendait. Il s'adressait à nous dans une alternance d'italien et d'espagnol et se montrait à la fois lucide et incongru. (…) J'ai néanmoins réussi à le convaincre de prendre quelques gouttes de Serenase, ce qui nous a permis d'établir un contact. »

Le lendemain, Greco avait convoqué les parents de Pantani à son cabinet de Ravenne pour les alerter sur cet attachement compulsif que leur fils avait noué avec la drogue, et qui se manifestait par des états d'irritabilité incontrôlés. La situation était d'autant plus préoccupante que sa fortune lui permettait d'en disposer en quantité. Il devenait urgent de créer des « figures intermédiaires » auprès d'autres spécialistes, afin de délester Michel d'une responsabilité trop lourde, quitte à dénoncer Marco pour son inaptitude mentale à se prendre en charge. Un internement d'office approprié lui paraissait inévitable. Greco avait prévenu : « L'heure est venue de prendre des mesures drastiques. »

*

DÉPOSITION DU DOCTEUR GIOVANNI GRECO

Médecin du SERT de Ravenne.

Interrogé le 17 février 2004 par l'inspecteur Daniele Laghi, au bureau de police municipal de Bellaria, le docteur Greco confirma avoir rencontré

Pantani pour la première fois en juin 2003 par l'intermédiaire de Conti et de Fontanelli. « Il était dans un état d'intoxication aiguë de cocaïne et dans une phase de psychose hallucinatoire. Et faisait une utilisation inappropriée de Benzodizépine afin de contenir les effets de la cocaïne. Je lui avais alors prescrit des neuroleptiques, du Serenase en gouttes à prendre trois fois par jour, associé à un comprimé d'Akinetone R. »

Il avait alors cherché à reconstituer la fiche clinique de son célèbre patient mais avec les pauvres renseignements qu'il avait pu recueillir auprès de sa famille et de son entourage, il n'y était pas parvenu.

Il évoque ensuite sa difficulté à soigner Pantani.

« D'un côté Manuela Ronchi me demandait de façon pressante de ne pas lui imposer un TSO (traitement qui aurait obligé Pantani à se faire hospitaliser). De l'autre, on m'appelait dans des situations toujours critiques comme lorsque je suis allé le voir à l'Hotel Touring dc Rimini. (...) Un autre jour, le 14 janvier au matin, Tonina, Michel et la Ronchi m'ont encore téléphoné pour me dire qu'il était à Predappio et qu'il délirait. Il aurait fallu appeler le service TSO de Forli et l'interner mais ses parents s'opposaient à cette solution. Pour eux il devait quitter Predappio pour aller s'installer chez Manuela Ronchi à Milan. Plus tard, sa manager m'a appelé pour me dire que Marco avait fait un voyage a Cesenatico pour s'approvisionner en cocaïne et qu'il était en train de la prendre sous forme de crack. Je l'ai invitée elle et son mari à le conduire à l'hôpital mais ils ont refusé. Ils voulaient simplement savoir avec quel type de médicament ils pouvaient le soigner. Je leur avais envoyé par fax une nouvelle prescription d'Akinetone R et Serenase. (...) Ensuite, j'apprends que Marco s'est disputé avec son père et qu'il a quitté le domicile de sa manager avec les vêtements qu'il avait sur lui, 12 000 euros, une carte de crédit et son permis de conduire. On perd alors sa trace jusqu'au jour où il m'appelle sur mon portable et me raconte qu'il a passé des jours pénibles, que son père l'a frappé et qu'à défaut de médicaments il s'est aidé en coupant deux ou trois comprimés d'Efexor et Surmontil. Il m'avait ensuite demandé de contacter la Ronchi parce qu'il avait besoin de vêtements et voulait le reste de ses médicaments. Je l'ai donc appelée et lui ai transmis ce que m'avait dit Marco, en lui précisant qu'il était à l'Hotel Jolly Touring de Milan. Je lui ai fait parvenir un fax avec une prescription et tout le dosage. Pantani m'avait laissé entendre les derniers temps qu'il fréquentait beaucoup Rimini, notamment un restaurant. Je sais qu'il s'isolait pendant des jours et des jours avec des quantités impressionnantes de cocaïne et qu'il pouvait en consommer 100 grammes en une semaine. »

*

Je m'étais maintenant constitué un solide dossier sous une jaquette de plastique rouge où j'avais écrit en lettres majuscules, le mot « RÉSIDUS ». J'y avais consigné un nombre impressionnant d'appréciations, ramassis hétéroclite et succinct de renseignements confidentiels, privés ou publics, qu'il n'était pas utile de développer mais qui participaient à la biographie de Marco Pantani et restaient susceptibles, par le biais de recoupements ultérieurs, de me fournir de nouvelles clés de lecture.

Dans un fichier, j'avais répertorié certains événements de sa vie selon un ordre chronologique.

> Janvier 2003, il (Pantani) se rend avec Michel à Verbania sur les bords du lac Majeur où Manuela Ronchi possède un appartement. Pantani offre au nouveau-né Filippo une chaînette en or assortie d'une étoile symbolisant la « fragilité » en précisant qu'il s'en est offert une identique, dont on n'a jamais retrouvé trace.
>
> Ce même mois, il assiste à San Siro, au derby entre l'Inter et le Milan AC. Au journaliste Walter Gallone du *Messaggero* qui l'interroge à la volée sur son absolution par le tribunal de Tione (Trente) de toute accusation dans l'affaire de Madonna di Campiglio – au motif que les faits qui lui étaient reprochés n'étaient pas punissables par la loi –, il répond d'un haussement d'épaules qu'il « en prend acte ».
>
> De retour à Forli, Marco se fait accompagner

par Michel à la Cassa di Risparmio où il retire 10 000 euros en liquide. « Pour me faire un cadeau », prétexte-t-il afin de justifier son retrait.

Son anniversaire approche.

12 janvier 2003, il se rend chez le docteur Greco. Ecourte le rendez-vous. Selon Greco, il n'était pas content du dîner que Michel lui préparait. (« Il m'a dit qu'il avait d'autres aspirations pour fêter son anniversaire. »)

Le 13 janvier 2003. Il fête donc ses 33 ans.

Pour l'occasion, Mengozzi a réservé une salle au restaurant la « Locanda Apennino » à la sortie de Predappio, après avoir laissé à Pantani le soin de dresser la liste des invités, une douzaine de personnes triées sur le volet. Parmi elles : Tramezzino, Jumbo, le deejay, Giuseppe, artiste peintre, Agostini, le frère de Jader, etc. Un assemblage composite : quelques proches et des compagnons de virée, superficiels. « Une erreur de casting », dira l'un des convives. « Quand Michel m'avait demandé mon avis, je lui avais donné le nom des gens à éviter mais c'est ceux-là qui furent invités », s'étonnera Tonina.

Ses vrais amis n'avaient curieusement pas été conviés. Certains d'entre eux s'étaient éloignés. D'après Agostini, rien de plus logique. « Pantani était devenu ce genre de type qui se permettait d'appeler n'importe qui, à n'importe quelle heure de la nuit comme si les autres n'avaient plus d'importance ni de vie privée. » La soirée relevait du rite païen avec Pantani et ses apôtres pour un dernier festin, une « ultima Cena », au point qu'on peut se demander s'il n'avait pas inconsciemment désiré mettre en scène ses propres funérailles.

Sur cette soirée, les versions divergent.

Pour certains, elle fut « lourde et pesante », pour d'autres « amicale ».

En début de repas, Pantani avait déposé sur la table une photo de son ami, Jader, tragiquement disparu dans un accident de la circulation puis il avait tiré un sachet de cocaïne de sa poche et l'avait posé ostensiblement au milieu des couverts.

Pantani avait alterné des moments d'emphase et de silence.

Vers 23 h 30, il était parti aux toilettes où Agostini l'avait surpris en train de s'observer dans une glace. Du bout des doigts, il scrutait son oreille droite qui s'était décollée malgré une récente intervention de chirurgie plastique. Il était hypnotisé par l'asymétrie de son visage et par ses deux profils, l'un réel, l'autre désiré, et semblait interroger le miroir sur sa propre identité. (« Dis tu sais, toi, qui je suis ? ») Il y avait là l'homme et son double, comme sur un portrait décalé de Picasso. Des deux, lequel avait détruit l'autre ? Marco de Cesenatico, rattrapé par ses mauvais penchants ? Le champion satanisé « ventriloqué » par les médias ?

Plus j'avançais dans mon enquête, plus j'amassais des informations, plus j'avais la sensation de m'égarer moi aussi, dans un jeu de miroirs réfléchissants qui me renvoyaient à l'infini une combinaison d'images. Laquelle était la bonne ? Qui était mort à Rimini ? Un être réel ou fictif, inventé par les policiers ? Celui qui soulevait les foules dans les Dolomites ou les barres de fonte dans le sous-sol crasseux d'une villa de Predappio ? Ou bien ce personnage faustien, avide d'expérimenter ses propres limites. D'après Manuela Ronchi, Pantani « défiait » la cocaïne. « Il était tellement habitué à avoir de l'ascendant sur les choses, dira-t-elle lors du procès de Carlino, qu'il cherchait à dominer la cocaïne, pour lui, c'était un pari, un jeu... »

Elle l'avait accueilli chez elle le 15 janvier, dans le duplex qu'elle venait d'acquérir dans le quartier de San Siro, au terme d'un grave litige avec Michel Mengozzi. Il y dormait tout habillé sur un canapé-lit, n'en sortait que pour manger. Quand Manuela Ronchi tentait de le convaincre, après avoir longtemps combattu cette échéance, qu'il n'avait plus d'autre alternative que de suivre une cure de désintoxication, il biaisait. Son court séjour, tronqué, à la clinique du Parco dei Tigli en juin l'avait traumatisé. Et l'hôpital lui faisait horreur. C'était un lieu de perdition où l'on allait mourir, comme son ancien rival, l'Espagnol Jose-Maria Jimenez, « el Chaba », enlevé à trente-deux ans à l'affection de ses proches, le 7 décembre 2003, dans un institut psychiatrique de Madrid. « Crise cardio-circulatoire », avaient conclu les médecins. « Si on me fout en clinique, prévenait-il, je finirai comme lui. »

Sur son séjour à Milan, je reprends ici mes notes.

Samedi 24 et dimanche 25 janvier. Il passe le week-end chez les parents de sa manager sur les bords du lac de Garde. Fait de longues marches dans les bois.

Sur le chemin du retour, il annonce son intention de faire un saut à Cesenatico pour y récupérer ses équipements de ski.

Le 25 janvier, à 19 h 05 il téléphone à Elena Korovina.

Le lendemain, lundi 26 janvier, à 10 heures il emprunte la voiture du mari de Manuela, une Y10, mais au lieu de se rendre directement à Cesenatico, fait un détour par Cesena.

Peu après 15 heures il s'arrête à Cesenatico. Il y prélève 12 000 euros au comptant dans une filiale du Crédit coopératif Via Torino. Rencontre Miradossa à Rimini. Puis file jusqu'à son domicile où sa mère l'aide à ranger son équipement de ski dans une grosse valise.

Il en repart une demi-heure plus tard pour Milan où il se montre irritable et suspicieux.

Dans la nuit, Manuela Ronchi le surprend au milieu du salon en train de dialoguer avec l'animateur de la télévision. S'ensuit une vive altercation. La manager se fait remettre la drogue, la jette dans les toilettes. Le ton monte. Quand ses parents se présentent quelques heures plus tard, au domicile des Ronchi, Marco les repousse. « Mais il était très lucide, la preuve, au téléphone, c'est lui qui nous avait indiqué la route à l'entrée de Milan », dira Tonina.

Selon les parents de Pantani, Marco était désespéré. En aucun cas « hystérique » comme ils ont pu le lire dans la presse. Il en voulait à sa manager d'avoir trahi sa confiance, et sa promesse de monter une équipe à son entière dévotion.

Il revendiquait le droit de vivre à sa façon. « Ce n'est pas vous qui déciderez pour moi », leur avait-il craché au visage en leur faisant comprendre qu'ils lui étaient tous redevables. Son père l'aurait alors empoigné par le bras pour le ramener à Cesenatico.

Selon Manuela Ronchi le père et le fils s'étaient battus (version controversée par les parents de Pantani) et sous l'émotion Tonina s'était évanouie dans l'escalier de sa résidence. Quand les secouristes se présentèrent sur place, Marco n'était déjà plus là. Il s'était évanoui lui aussi mais dans les rues de Milan, avec un sac à dos pour tout bagage.

Il ne devait plus jamais revoir ses parents.

*

Le lendemain, vendredi 6 février, en pleine crise d'abstinence, il avait appelé le docteur Greco pour lui communiquer son lieu de résidence et lui avait demandé de contacter Manuela Ronchi afin qu'elle lui apporte ses médicaments et quelques vêtements. « Surtout les médicaments », avait-il insisté. Quand sa manager l'avait joint par téléphone, il lui avait adressé ses excuses et s'était engagé dans sa repentance à dissiper avec ses parents le souvenir de cette affreuse dispute, mais Manuela Ronchi était restée inflexible. Le lendemain, garée en double file, elle avait laissé à son mari le soin de déposer à la réception de l'Hotel Jolly un sac de médicaments, quelques vêtements, de la mousse à raser et une lettre manuscrite impérative dans laquelle elle lui avouait sa lassitude. « Je n'accepterai de te revoir que lorsque tu seras décidé à te faire hospitaliser, pas avant », concluait-elle.

Il ne l'avait rappelée que le lundi matin, 9 février, à huit heures trente, sans faire la moindre allusion à sa lettre. Il espérait qu'elle l'aiderait à organiser son départ de l'hôtel mais elle n'était pas disponible avant quatorze heures. Il était lui-même sur le départ. Incommodé par la neurasthénie de cet étrange client (après que Pantani eut rabroué à plusieurs reprises la femme de ménage) le directeur de l'hôtel avait prétexté un engorgement des réservations pour le forcer à quitter les lieux.

— J'ai déjà payé la note, je suis sur le point de partir, avait-il bredouillé.

Puis il avait enchaîné sur un mensonge.

— Rien de grave. Je file Saturnia, au besoin, je t'appelle…

Dehors Milan résonnait d'un trafic intense. En s'avançant sur le trottoir, il sentit l'air lui emplir les poumons. Selon le chauffeur de taxi, Mario di Bitonto, qui l'attendait devant l'entrée de la Via Tarchetti, il était habillé sobrement et transportait avec lui deux petits sacs – un sac en plastique et l'un de ces porte-documents qui s'accroche autour de la taille – qu'il avait déposé sur la banquette arrière. Pantani s'était installé à l'avant, sur le siège passager.

A la place du mort.

*

Lundi 9 février 2004
Rimini
Résidence Le Rose. Viale Regina Elena.

L'appartement duplex 5D, d'une surface de vingt-huit mètres carrés, respirait le pas cher et la mélancolie. Le salon du bas, composé d'un divan, d'une table basse et d'une télévision couleur, menageait un espace de vie prolongé d'une petite salle d'eau et d'une kitchnette monobloc, avec à droite près de la porte-fenêtre en aluminium, donnant sur un balcon, un escalier débouchant sur une mezzanine meublée d'un lit matrimonial, agrémentée d'une tablette de nuit et d'une penderie aux portes miroitantes.

A peine installé, Pantani avait appelé la réception pou s'enquérir du mode opératoire à l'obtention de la ligne extérieure. Il avait ensuite téléphoné deux fois à Naples puis s'était décidé à se rendre à l'appartement de son dealer sur le Viale Regina Elena. Miradossa étant absent, il était revenu à la Résidence où il avait adressé un petit signe amical de la main à Silvia, la réceptionniste, fille du propriétaire, absorbée par un reality show.

A seize heures, il s'était fait livrer une pizza et un Coca, repas frugal que Silvia s'était fait un plaisir de lui monter. Il en avait profité pour lui dire qu'il trouvait l'appartement agréable. Plus tard, il avait ramassé sur la table un billet de visite orné d'une femme et d'un ange blanc sur fond noir, l'avait fait tourner entre ses doigts, puis avait composé sur son combiné de téléphone l'un des numéros incrits au dos, celui du propriétaire de l'Angel's Agency, Fabio Carlino, chez qui logeait Fabio Miradossa, son dealer.

Le 2 avril 2004, à dix-sept heures, ce même homme, Fabio Carlino, peau mate, cheveux en brosse, costume clair, se présentera spontanément devant le juge Paolo Gengarelli pour une déposition. Domicilié à quelques pas de la Résidence Le Rose, il confirma avoir rencontré Pantani, fin décembre 2003, à la Pineta, une discothèque de Milano Maritima. Le champion était accompagné d'Elena, l'une de ses modèles. Carlino d'un groupe d'amis, dont Fabio Miradossa qu'il hébergeait pour trois mois parce qu'il n'avait « pas de travail ni les moyens de se loger », ce qui infirmait les déclarations de Rossano, son autre locataire, lequel avait toujours vu Miradossa « avec de l'argent plein les poches ». Selon Carlino, Miradossa avait passé un deal avec Pantani pour un approvisionnement de cocaïne prévu pour le 9 février.

— Miradossa vous a dit avoir donné de la cocaïne à Pantani ? avait insisté le juge.

— Oui.

— En plusieurs occasions ?

— En une seule occasion.

— Laquelle ?

— A la discothèque la Pineta. Ils sont allés dans les toilettes, Miradossa lui a offert de la cocaïne, ensuite, ils se sont échangé leurs numéros de portable. Je le sais parce que j'habite avec lui et parce que Pantani l'a appelé pour demander s'il pouvait le fournir en cocaïne. Ils s'étaient donné rendez-vous pour le 9 février. Ils avaient parlé d'une somme de 10 000 euros.

— De qui l'avez-vous su ?

— De Miradossa. Il a dit que Pantani avait 10 000 euros pour acheter la « roba ».

— Par « roba », vous entendez la cocaïne ?

— Evidemment... (plus ironique) Miradossa ne vendait pas des vêtements.

Toujours d'après Carlino, Miradossa avait trouvé sur son portable un message intimidant de la mère de Pantani, parlant de le dénoncer à la police. Pris de panique, il était parti se mettre au vert à Naples, et avait, à sa place, envoyé son « courrier », Ciro Veneruso, qui aurait cherché à convaincre Pantani de ne plus jamais contacter Miradossa. Pour ne pas avoir d'ennuis Carlino était parti à huit heures ce matin-là et n'était rentré que le soir.

Ce lundi soir, quand il recontacte la réception, Marco Pantani tombe sur Daniele Mangione, le gendre du propriétaire, un type jovial, qui remplaçait sa femme quand elle devait allaiter leur nouveau-né. Pantani voulait aller dîner. Mangione lui expliqua que l'hôtel avait une convention avec le Rimini Key, un restaurant pizzeria de proximité, situé sur le front de mer, et qu'il pouvait s'il le souhaitait s'y rendre à pied. « Quelques minutes plus tard, je l'avais vu se diriger d'une démarche hésitante vers la sortie avant de changer brusquement d'avis, a raconté Mangione. Il est revenu vers moi pour savoir s'il était possible de lui faire monter une pizza en me demandant sur un ton joyeux si elles étaient bonnes, je lui avais répondu sur le même ton qu'elles étaient mangeables. » Au passage, Pantani avait précisé qu'il attendait un visiteur autorisé à le rejoindre dans sa chambre, ce qui, d'après Mangione, l'avait rendu soudainement plus anxieux.

Vers vingt-deux heures, un jeune homme s'était présenté à la réception après que Pantani eut reçu un bref appel d'une cabine publique. Le jeune homme portait un jean, une chemise claire, sous un pull-over marron. Il n'avait pas trouvé utile de laisser son passeport à la réception. Mangione avait fourni une description du visiteur : « Entre 28 et 30 ans, de corpulence robuste, 1,60, 1,65 m, de carnation claire, cheveux courts, les yeux foncés, la barbe mal rasée, avec une inflexion dialectale particulière. »

— Vous le connaissiez ? avait enchaîné un enquêteur.

— Je ne crois pas. Mais il avait quelque chose de familier comme si je l'avais déjà croisé ailleurs.

— Combien de temps est-il resté à la Résidence ?

— Quelques minutes, cinq, dix minutes pas plus.

— Vous seriez capable de le reconnaître ?

— Oui, je vous l'ai dit, il avait un air familier.

— Et Pantani, vous l'aviez déjà vu à la Résidence ?

— Non.

Le « courrier » que Pantani avait reçu s'appelait Ciro Veneruso. Il venait de finir son travail dans une usine d'aluminium. La veille, il s'était tapé un aller-retour à Naples où son ami d'enfance, Fabio Miradossa, lui avait remis un paquet pour le champion cycliste Marco Pantani. Ce même soir, vers minuit, Pantani avait passé un dernier coup de fil à Carlino.

— Dis, tu pourrais pas me trouver le téléphone

de Cristina, tu sais mon ex… Je crois qu'elle a changé de numéro.

*

Sur la trame de jours impalpables, mornes et sans témoins, meublés par l'attente de ses dealers, qu'il passe à la Résidence Le Rose, je procède par intuition. Selon les policiers, il était resté rivé la semaine devant sa télévision, entre somnolences et pulsions destructrices. Se sentait-il dans une impasse ? Piégé par la vie ? Savait-il enfin que ses parents, sur les conseils d'un psychologue, étaient partis se reposer en Grèce, en emportant avec eux tout un arsenal de cordes, couteaux, fusils de chasse « au cas (dira le père) où Marco aurait la mauvaise idée de s'en servir pendant notre absence » ? A force d'être seul, un homme sain de corps et d'esprit finit toujours par se laisser assaillir par ses pensées les plus noires. En était-il arrivé pour autant à ce point où l'esprit punit le corps jusqu'à sa disparition ?

Je veux me méfier ici des simplifications.

La réponse est peut-être ailleurs, dans une lettre, rédigée de sa main, à l'hôtel Jolly de Milan, alors qu'il s'apprêtait à rejoindre Rimini, en taxi, lettre égarée par la poste, que Tonina récupérera trois ans plus tard. Lettre déchirante, dans laquelle il exprime toute sa peine pour son père et sa mère. Il y annonce son départ de Milan (« Je fuis pour défendre mon honneur ») mais ne livre aucune adresse, aucune piste, sur sa destination. Il dit aussi avoir peur de se retrouver seul, « sans échange et sans pouvoir communiquer ». Il s'excuse aussi, de son inconduite, avec cette requête en forme de supplique, adressée à sa manager : « Ne me mettez pas tout sur le dos, je ne serai pas capable de me défendre, et puis, certaines erreurs vous reviennent. »

Le mardi 10 février, quand Laryssa B., une Ukrainienne de quarante ans aux cheveux blonds et courts, employée comme femme de ménage, frappe à la porte de la chambre D5, elle ignore qui l'occupe. Et n'est pas davantage renseignée. Pantani ne se montre pas. « Pas la peine, on verra demain », lui lance-t-il à travers la porte en réitérant son intention de rester une nuit supplémentaire. Puis vers quinze heures, il se fait livrer deux petites pizzas et le soir encore une pizza margherita avec deux Coca et une bouteille d'eau minérale que Silvia, la réceptionniste, avait reportés sur son compte.

Le lendemain, 11 février, Silvia lui montera son petit déjeuner et ses deux repas du jour. Et comme la veille, Pantani prolongera son séjour d'une nuit supplémentaire. « C'était une personne très tranquille avec qui on pouvait échanger quelques mots », dira Silvia aux enquêteurs.

Quand Laryssa B. nettoyait sa chambre, à l'exception de la mezzanine, il restait allongé sur le divan où traînaient une couverture et un oreiller froissé, laissant supposer qu'il dormait dans le salon. Le jeudi 12, elle récurait les sanitaires dans la salle de bains quand elle l'avait senti derrière elle. « Il m'a demandé si j'avais peur de lui et si je le trouvais bizarre. Je lui ai répondu que non. Mais il m'avait surprise et c'est pour ça que j'avais sursauté » expliquera-t-elle aux policiers.

Dans ses dépositions du 16 et 19 février, Laryssa B. minimisa cet incident, qui selon elle relevait de l'anecdote, et précisa n'avoir jamais trouvé pendant son service, dans la chambre D5, « de substance inconnue ou qui pouvait paraître suspecte ». « Pas de bouteilles en plastique vides ou modifiées, ou coupées, pas de papiers aluminium brûlés, ni par terre, ni dans les sacs poubelles, nulle part. » Et donc pas de cocaïne. Rien d'« étrange » dans la corbeille à papiers dont elle renouvelait le sac tous les jours, et dans laquelle les policiers retrouveront les restes incongrus d'un repas chinois.

Vendredi 13
Veille du drame.

A neuf heures, la jeune apprentie réceptionniste, Lucia Dionigi, de service le week-end, lui avait monté deux jus de fruits, à sa demande. Il l'avait rappelée à 10 h 30 pour le déjeuner mais comme il était encore un peu tôt – la veille il n'avait commandé aucun repas – il avait dû patienter jusqu'à 11 h 45 et l'ouverture du Rimini Key pour établir son menu : une simple assiette de pâtes. Lucia avait alors été frappée par son « aspect négligé » et son « regard absent ».

Dans l'après-midi, Laryssa travaillait dans une chambre adjacente, quand il l'avait aimablement priée de mettre un peu d'ordre dans la sienne. La femme de ménage avait débarrassé deux plateaux sur la table basse du salon, les restes d'un petit déjeuner. Sur l'un d'eux, le café était renversé.

A vingt heures, ce soir-là, il avait commandé une omelette jambon-fromage et trois jus de fruits, requête que le concierge, Pietro Buccellato – un étudiant de vingt-cinq ans, employé à temps partiel durant le week-end, à plein temps pendant la période estivale –, avait transmise au patron du Rimini Key, Oliver Laghi.

Quand on lui avait appris que Pantani séjournait à la Résidence Le Rose et que la commande lui était destinée, Laghi avait d'abord cru à une plaisanterie. Pantani à Rimini, à la Résidence Le Rose, à vingt-cinq kilomètres de son propre domicile, c'était impensable. Mais vrai. Alors, il s'était offert de lui monter son repas. Il en profiterait, songeait-il, pour réclamer un autographe. Quand Pantani s'encadra dans la porte, visage fripé, regard larmoyant, il remisa son projet. Et se contenta de lui rappeler qu'un jour il était allé l'applaudir au Galibier dans le Tour de France. « Je suis votre tifoso, un grand tifoso », avait-il bredouillé. En guise de remerciement, Pantani lui avait adressé une tape amicale sur l'épaule.

*

DÉPOSITION DE GIAN DOMENICO ROSSANO

Condisciple de Fabio Carlino à l'Université, Giandomenico Rossano avait partagé pendant ses études d'économie l'appartement du directeur de l'Angel's Agency, conjointement avec Miradossa, en face de la Résidence Le Rose, sur le Viale Regina Elena, de janvier à septembre 2003. Le 9 février, quand Pantani avait actionné l'interphone, c'est lui qui avait décroché. « Il m'a dit qu'il arrivait de Milan et que Miradossa avait une chose à lui donner. » Vers dix-sept, dix-huit heures, Rossano avait rapporté la scène à Carlino, ce qui avait eu pour effet de le mettre dans une colère noire. « Carlino en voulait à Miradossa de fournir de la drogue à Pantani. Il disait que ses activités de dealer nous mettaient tous en danger. Mais Miradossa s'en moquait. » Devant le policier, Rossano avait lâché une information inédite et peut-être capitale sur la présence auprès de Pantani, de Ciro Veneruso, la veille du drame, à la Résidence Le Rose. Je cite :

« Le 20 février, je suis retourné chez Carlino. C'est là qu'il m'a dit que le vendredi 13, Ciro était monté chez Pantani pour lui amener la dernière dose. »

Rossano avait alors quitté l'appartement de Carlino et rompu tout contact avec Miradossa et Veneruso.

*

Samedi 14 février.

Plus on avance dans le récit du drame, plus la vérité se perd dans une juxtaposition de témoignages imprécis et discordants, auxquels on aimerait pouvoir donner un sens.

A 10 h 30, ce matin-là, Pantani appelle Lucia Dionigi et se plaint que des « gens le dérangent ». Lucia monte au cinquième étage, et tombe sur Laryssa. Alertée par des « rumeurs », la femme de ménage a déjà frappé à la porte de l'appartement D5. Sans obtenir de réponse. « J'ai frappé à mon tour, en lui faisant comprendre que j'étais la réceptionniste mais il ne m'a pas répondu. Alors je suis allée lui téléphoner de l'appartement voisin qui était vide. Là, sur un ton énervé, il m'a répété que des gens le dérangeaient. » N'entendant aucun bruit de fond, elle avait insisté afin qu'il lui décline l'identité de ces gens suspects mais Pantani avait marmonné la même chose. Une sorte de borborygme. Puis à 10 h 55, il l'avait rappelée. Cette fois il est anxieux, et très agité : « Quelqu'un m'embête, appelez les carabiniers », lui dit-il. Quand Lucia cherche à savoir s'il se sent mal, il ne la laisse pas finir sa phrase. « Appelez les carabiniers sinon laissez tomber, c'est la même chose », lui lance-t-il, avec une grande douceur.

Etait-ce bien lui les deux fois ?

Son patron Sandro De Luigi lui ayant suggéré par téléphone d'entrer avec le passe, la jeune réceptionniste avait tenté de forcer la porte et dans l'entrebâillement, dira avoir entendu Pantani « bredouiller des mots incompréhensibles ».

A la pause de midi, elle avait encore perçu « des bruits métalliques », comme des chaises qu'on renverse.

Ensuite, plus rien.

*

Le 19 février, le propriétaire Sandro De Luigi, cinquante ans, accessoirement professeur de gymnastique dans une école de Rimini, avait concédé au policier Walter Proccuri qu'il ne s'était jamais précoccupé de savoir comment Pantani passait ses journées. « Je savais s'il prenait ses petits déjeuners au bar ou dans sa chambre. » Il ne l'avait jamais vu ni parlé au téléphone. Le 14 février, il avait rempli, comme à l'habitude, ses registres comptables jusqu'à 9 h 30, et se trouvait à l'hôpital de Rimini, au chevet d'une parente, quand Lucia l'avait informé vers 11 h 45 (soit une heure après les faits) de l'appel angoissé de Pantani. Une demi-heure plus tard, il l'avait rappelée, et lui avait demandé d'imprimer la fiche téléphonique de Pantani et de chercher à joindre un membre de sa famille à Cesenatico. A seize heures, Lucia lui avait appris que les quatre ou cinq numéros que Pantani avait composés sur son combiné étaient injoignables, à part un correspondant, qui avait prétendu « ne pas connaître ce nom-là ».

Quand Lucia lui avait relaté les faits, vers quinze heures, et son incapacité à joindre les parents de Pantani, Buccellato avait accueilli la nouvelle avec un relatif détachement et s'était contenté d'assumer son travail, sans zèle excessif, avant que son patron ne lui ordonne d'appeler la chambre de Pantani. Il était alors 17 h 30. « Sa ligne étant toujours occupée, je n'ai pas insisté » dira Buccellato. A 19 heures, Sandro De Luigi l'avait rappelé et lui avait ordonné d'aller voir s'il entendait la télévision à travers la porte. « Comme aucun bruit ne filtrait, monsieur De Luigi m'a dit de prendre des serviettes de toilette, et de me servir de ce prétexte pour entrer dans sa chambre. Vers 19 h 30, j'ai ouvert avec le passe, la lumière était allumée mais comme la porte était obstruée, je l'ai refermée instinctivement par correction, et j'ai rappelé mon patron qui m'a dit de la forcer même si Pantani devait se fâcher. Je suis donc remonté pour la troisième fois au cinquième. La porte était bloquée par "un placard", la chambre saccagée, la télévision à terre. Ne voyant personne, je suis monté à la mezzanine, et là, j'ai vu le corps. Comprenant que c'était grave, j'ai appelé le 118 et la police. »

Il était 20 h 30 quand Sandro De Luigi avait repris contact avec son concierge, soit une heure après qu'ils se furent entretenus sur la nécessité de forcer la porte. « Il avait réussi à pénétrer dans la chambre, le désordre était total, la porte entravée par une chaise et un four à micro-ondes. Il m'a dit qu'il avait déjà appelé le 118 et la police. »

Plus tard, le propriétaire avait pénétré à son tour dans la chambre.

« Pantani était sans vie, le flanc gauche de son corps était complètement violacé », dira-t-il.

C'était la première fois qu'il résidait dans son hôtel.

A chaud, Buccellato avait livré un détail supplémentaire. Quand il l'avait découvert, le corps de Pantani était « tout noir », et présentait deux coups sur la tête. « J'ai compris qu'il était mort depuis deux heures » avait-il ajouté sans que ni le juge, ni les enquêteurs ne songent à le sonder sur sa compétence à évaluer le degré de rigidité d'un cadavre.

*

Appelé à témoigner en tant que personne « informée sur les faits », le basketteur argentin de ligue 2, Ingles Nelson, se présenta le 14 février à vingt-trois heures trente dans un bureau de la Résidence Le Rose face aux policiers Daniele Laghi et Per Paolo Urbini. Logé dans l'hôtel aux frais de son équipe la Conad de Rimini, il dira ne s'être aperçu de la présence de Pantani que la veille du drame, le vendredi vers vingt-trois heures quinze, dans une circonstance qu'il décrivit aux policiers. « J'ai noté qu'un homme habitait l'appartement voisin quand il s'est approché sur le palier pour regarder mon appartement pendant que j'attendais l'ascenseur avec des amis. C'est là que j'ai vu qu'il s'agissait du célèbre Marco Pantani (...) Il avait entendu des bruits dans l'appartement à côté du sien qui était vide, et comme je lui en fis la remarque, il m'a répondu “alors je suis fou”. Il me regardait fixement dans les yeux. Pour couper court à la conversation, j'avais préféré prendre l'ascenseur. » Le lendemain matin, Ingles Nelson avait perçu des bruits dans la chambre de Pantani, typiques d'un balai que l'on cogne le long d'une plinthe. « J'ai eu l'impression que quelqu'un faisait le ménage. Plus tard, vers treize heures quand je suis revenu de l'entraînement, je n'ai plus rien entendu. » D'après ses amis, le basketteur Bruno Labaque et sa fiancée, Pantani avait le visage « bouffi et mangé par la barbe », et il « suait abondamment », ce qui n'est pas forcément un signe de négligence, les antidépresseurs ayant pour effet collatéral d'augmenter la sudation.

*

En ouvrant sa porte, le vendredi, pour voir qui discutait près de l'ascenseur, Pantani était tombé nez à nez sur deux jeunes garçons. Selon Gian Andrea Pazzini et Emanuel Lunedei, il était « bourré de tics » et sujet à des variations d'humeur spectaculaires, qui le rendaient tour à tour mélancolique et confus au point de les confondre avec deux joueurs de football. Il souriait « sans raison » puis devenait sérieux et sa bouche dessinait par instants d'affreux rictus. « Il reniflait beaucoup et sentait la sueur, typique d'un type qui ne s'est pas lavé depuis plusieurs jours », avaient-ils ajouté. Pantani leur avait expliqué en plaisantant qu'il était sorti sur le palier pour voir « qui faisait ce bordel ». Puis il s'était lancé dans une tirade décousue que l'un d'eux rapporta de mémoire (« Si toi tu es ici, tu n'es pas de l'autre côté mais ils te regardent même pour ce que tu fais et tu ne peux pas sortir du tunnel »). Quand ils l'avaient interrogé sur son retour en compétition, attendu par toute l'Italie, il avait fait saillir les muscles de sa jambe. « Touchez ça, regardez, c'est du bois. » Sentant la discussion leur échapper, ils lui avaient dit « à demain » et s'apprêtaient à prendre congé quand Pantani leur avait répondu en dialecte « A ne so sui sara un altro dui per mer » (« Je ne sais s'il y aura un autre jour pour moi »). Pressentiment ou simple formule ?

Cette repartie les avait beaucoup impressionnés.

*

Novembre 2005

Au siège de la questure à Rimini.

Dans le bureau du policier Dario Zammarchi.

Ça n'aurait jamais dû être qu'un « fait divers banal », le cas affreusement tragique d'un toxicomane passé de l'autre côté du miroir ou plus poétiquement, de « l'autel à la poussière » pour reprendre l'expression de Fortuni. La ville de Rimini étant subdivisée en plusieurs quartiers, ou juridictions, la mort relevait *ipso facto* de la section homicide des carabiniers, en charge des affaires de stupéfiants. A l'inverse des policiers, perçus comme des civils, proches de la population, les carabiniers sont des militaires, avec tout ce que cela implique de formalisme et de rectitude. Or, c'est le bureau de la police que Buccellato avait contacté pour annoncer la mort d'un homme. Un homme, avait-il dit. Sans plus de précision.

— Il ne nous a jamais dit qu'il s'agissait de Pantani.

Dans son bureau du Corso d'Augusto, Dario Zammarchi, une trentaine d'années, regard noir sourcilleux, vêtu d'un pull, d'un blouson élimé, d'un jean et d'une paire de baskets, dans les parfaits attributs du simple quidam, revient sur les débuts de l'enquête. Jamais il n'avait ressenti une telle pression médiatique et sociale. Il songe moins à la presse locale – le *Corriere di Romagna*, la *Voce* – avec laquelle il entretient un commerce quasi quotidien, qu'aux journaux et télévisions nationales et internationales qui les contraignaient à obtenir des résultats (« Tout le monde nous regardait, on ne pouvait pas se rater », me dit-il). A présent que tout était bouclé, ils étaient fiers d'avoir prouvé leur efficacité.

« C'était lourd, très lourd, deux mois d'un travail assidu, d'ailleurs, voilà ce que ça représente », me dit-il.

Il vient d'empiler devant moi, sur un bureau d'appoint déjà très encombré, quatre volumineux dossiers gonflés par des milliers de feuillets dactylographiés, copies carbone de dépositions, de rapports d'auditions, de reçus de cartes de crédit, péages d'autoroute et plans détaillés des multiples endroits où le champion a circulé.

Il m'explique qu'ils ont tout reconstitué, sans rien omettre : ses déplacements, ses appels téléphoniques. « Je ne sais plus combien de lettres anonymes on a reçues, des dénonciations de gens qui prétendaient tout savoir, qui croyaient savoir, qui disaient avoir vu… »

Il en avait extrait une au hasard, du bout des doigts, avec une sorte de moue désabusée : le courrier d'un mystérieux correspondant qui leur livrait un nom. Le nom du meurtrier. « Il donne même le mobile… Evidemment, c'est pas signé », avait-il raillé, sans pouvoir réprimer un rictus d'écœurement. Il avait remis la lettre dans son dossier d'origine qu'il avait reposé sur la pile. « Ce n'était pas simple. On connaissait le champion, on se retrouvait avec un toxicomane, reprit-il. Mais on a tout vérifié, à trois cent soixante degrés, on est allé cinq fois dans la chambre, on a pris le temps de décoder plus de cinq mille appels téléphoniques. Vraiment, je n'ai aucun doute sur le résultat, aucun regret de quelque nature que ce soit. »

Il se veut persuasif, rassurant.

Derrière toute cette paperasse : quatre mois d'enquête, de février à mai 2004. Cent trente heures de travail supplémentaire par policier et par mois.

« Au début nous n'avions qu'une certitude, la mort par overdose, ensuite, il a fallu rassembler les indices… »

Il se mit à énumérer tout ce qui leur avait permis

de renforcer cette thèse de l'overdose. 1) la drogue ; 2) les psychopharmacies ; 3) la porte obstruée ; 4) la fenêtre fermée ; 5) les meubles éparpillés.

Lui demanderai-je s'il n'a jamais pensé que Pantani ait pu être agressé ? Si cette idée ne l'avait pas effleuré ?

Je lui demanderai.

Il me dira ce que j'avais déjà entendu de la bouche du juge, que le défunt s'était fait mal « tout seul » en tombant.

« N'oublions pas qu'on avait affaire à un homme hors de lui, un déséquilibré qui dérangeait les autres… »

Je ne l'avais pas contrarié. Pourtant Pantani n'avait pas pu se blesser le visage en trois points différents dans l'impact d'une seule chute.

Quant aux restes du repas chinois ?

Ce détail lui avait échappé.

— Des résidus d'un fast-food, j'ai dit, deux barquettes en aluminium.

— Jamais entendu parler, coupa-t-il en secouant la tête avec un air inexpressif.

Ainsi, ils étaient allés cinq fois dans la chambre, ils avaient tout vérifié, tout, à « trois cent soixante degrés » mais ce détail des barquettes en aluminium sur le dessus d'une corbeille à papiers lui avait échappé. Plus tard, quand je m'étais enquis de savoir si les employés de l'hôtel étaient vraiment fiables, il avait haussé les épaules.

— Ils ont tous collaboré à part Buccellato qui, lui, nous a dit certaines choses pendant sa première audition, puis d'autres choses à des journalistes avant de partir en Sicile. Bien sûr, sans nous prévenir…

Un temps.

— Mais on a tout réglé très vite en lui envoyant trois voitures volantes sur place sans attendre. Et là, je peux vous dire qu'il ne s'est plus amusé à nous mentir…

Notre entretien touchant à sa fin, il avait fini par convenir qu'entre dix heures trente et vingt heures trente, il ignorait ce qui avait pu se passer dans la chambre D5 et qu'on ne le saurait probablement jamais. Dans son esprit, c'était sans importance. Il avait alors décroché du mur un diplôme délivré par son ministère de tutelle à la fin de l'instruction.

« C'est un mot du ministre, des félicitations, on les a bien méritées. Sur cette affaire, on a su trouver vite fait la solution. »

*

Lundi 14 novembre
Midi trente à Rimini.

De nouveau avec le juge Paolo Gengarelli.

Andrea Rossini, mon confrère du *Corriere di*

Romagna, qui m'accompagne chez le juge, et sans l'aide de qui je n'aurais jamais pu franchir aussi allègrement le seuil du palais de justice, prend soin de me prévenir. « Gengarelli ne refuse jamais les confrontations mais il n'aura pas beaucoup de temps à nous consacrer. » Le juge n'est pas vraiment surpris de me revoir. Il sait ma perplexité et préfère m'aviser d'emblée : sa position est irrévocable et le restera. « On peut toujours avec des si rouvrir des enquêtes, ce que j'appelle dans mon jargon la "diétrologie" (l'art de l'après-coup). Mais on rentre dans un cercle vicieux et je ne veux en aucune façon me laisser entraîner sur cette voie-là. Cette enquête, je me suis contenté de la coordonner, rien de plus, mais j'en suis fier et je la referai copie conforme sans rien y changer. »

Calé dans son fauteuil, le corps renversé en arrière, comme le boxeur adossé aux cordes d'un ring, il attend mes questions comme autant de coups portés à sa conscience professionnelle.

— Je sais ce que vous pensez, reprit-il, mais pour qu'il y ait homicide, il faut un mobile, un homme prêt à en tuer un autre, or là, il n'y en a pas. Il n'y a que des types qui ont fourni de la cocaïne à un autre type, une drogue à 65-70 pour cent de pureté donc peu altérée, donc plus dangereuse.

Il se refusait à penser qu'on ait pu le contraindre à manger de la drogue ou, comme je le suggérais, lui enfoncer de force un suppositoire à la cocaïne, hypothèse que Fortuni avait jugée recevable.

— Vous voulez vraiment vous faire du mal ? avait relevé Gengarelli, dans un effort de légèreté.

Il m'invitait à ne pas m'aventurer dans cette voie-là comme s'il craignait que l'enquête ne déborde de son lit, du lit froissé taché de sang de la mezzanine dont personne n'avait pris soin de faire analyser les draps. Un silence embarrassant s'interposa entre nous. Il se racla la gorge. De toute évidence, l'hypothèse du suppositoire excédait les sphères de sa curiosité de même qu'il avait éludé les restes du repas chinois, laissant supposer que Pantani n'était pas seul dans sa chambre le jour du drame. Quant au trou de dix heures dans l'emploi du temps du défunt, sur ce sujet aussi, motus et bouche cousue.

En revanche, il voulait bien admettre qu'on puisse rester sceptique face aux témoignages discordants des employés de l'hôtel.

— Que voulez-vous, trois personnes se sont relayées à la réception pendant son séjour, alors forcément, il y en a des plus honnêtes que d'autres. Le propriétaire, les employés ont livré leur version, celle, peut-être, qui les arrangeait…

Il avait dit ça sur le ton le plus neutre possible et concédait qu'une tierce personne avait très bien pu entrer et sortir de la Résidence sans éveiller fatalement l'attention du concierge.

— OK c'est possible. Et après ?…

Dans ce cas, ai-je rétorqué, pourquoi n'avoir pas considéré ces traces derrière la nuque, dont avait parlé Tonina ?

— Je vous l'ai déjà dit, nous ne faisons pas le même job, avait-il coupé. Vous, vous avez pu passer du temps avec des témoins et vous pouvez tout dire, moi pas. Un magistrat ne peut pas se laisser gouverner par son humeur, son imagination, poser des hypothèses n'entre pas dans mon travail.

D'un geste de la main il avait lissé le revers de sa manche. Il s'efforçait de sourire.

— Je dois, je ne peux m'appuyer que sur des faits, rien que des faits, sans me laisser emporter par l'émotion. Et dans cette histoire, je ne m'en suis tenu qu'aux faits, aux faits objectifs, aux écritures, aux fiches téléphoniques, aux cartes d'autoroute pour resituer le contexte (il se voulait persuasif). Et là, tout concorde. Et tous ces faits scien-ti-fi-quement-prou-vés nous disent une seule chose : Pantani est mort d'overdose.

Alors oui, bien sûr, il comprenait mes doutes, mon incrédulité, mon insistance mais il me ramenait à sa raison : la vie, me suggéra-t-il, n'est qu'un amas de petits faits irrationnels inexplicables, un tissu de contradictions instrumentalisées par le hasard, la providence. « Quand une enquête est finie on continue de s'interroger, c'est dans la nature des choses surtout quand il s'agit d'une mort aussi brutale », avait-il objecté en me raccompagnant vers la sortie. Il avait salué Rossini, puis m'avait tendu la main.

— Croyez-moi, les faits sont essentiels, avait-il insisté, et les fantasmes ne doivent en aucun cas l'emporter sur la réalité…

Quelques minutes plus tard, dans la rue, je m'étais fait la réflexion : Gengarelli avait raison au moins sur un point : la mort de Pantani « par intoxication aiguë de cocaïne » était concrète, comme étaient concrètes son addiction, ses relations avec les dealers et sa désespérance. Comme est concrète cette impossibilité pour quiconque de se prononcer sur son emploi du temps dans les derniers jours de sa vie.

*

Pour le magistrat Paolo Gengarelli, Pantani avait cessé de vivre le 13 avril 2004 au matin, quand il avait trouvé sur son bureau les conclusions de l'enquête : 63 pages reliées sous une jaquette de plastique rouge. Le résultat d'une instruction rondement bouclée en moins de deux mois, selon les vœux du ministre de l'Intérieur. Grâce à la collaboration spontanée de Fabio Carlino, les enquêteurs avaient pu appréhender quatre autres prévenus : Miradossa, Veneruso, Korovina et Rossano. Au terme d'un compromis sur le partage des peines, deux d'entre eux avaient avoué avoir fourni de la drogue au champion romagnol. Les enquêteurs s'étaient focalisés sur quatre épisodes en particulier :

— La nuit que Pantani avait passée à l'Hotel Touring de Rimini, les 26 et 27 décembre.

— Sa fête anniversaire, le 13 janvier, à Predappio.

— Le prélèvement bancaire de 12 000 euros qu'il avait effectué à la banque Coopérative de Cesenatico.

— Son séjour du 9 au 14 février 2004 à la Résidence Le Rose.

A travers ses relevés bancaires, à travers ses Viacard (cartes magnétiques de paiement), à travers les puces de ses différents téléphones portables, ils étaient parvenus à reconstituer ses déplacements et s'étaient aperçus qu'après s'être longtemps fourni dans la périphérie de Cesena, il avait déplacé sa zone d'approvisionnement à Rimini auprès de Miradossa, de Carlino et de Nevio Rossi, lequel avait relaté que, le 2 janvier 2004, Pantani s'était présenté à son domicile, à deux heures de la nuit. « En le voyant entrer chez moi, un poing fermé, j'ai tout de suite saisi la raison de sa présence à Rimini, avait rapporté Nevio. Ce poing fermé, c'était chez lui une habitude, le signe qu'il possédait de la drogue, au moins une quinzaine de sachets. Il m'a d'ailleurs demandé en rigolant si on ne l'avait pas trompé sur le poids de la marchandise... »

Ils avaient appris que Michel Mengozzi était intervenu auprès du directeur de sa banque, à Predappio, afin de lui faciliter ses mouvements bancaires, notamment ses retraits réguliers en liquide, au total 44 500 euros sur ses deux comptes courants de trois millions d'euros chacun. Soit :

10 000 euros le 24 novembre à Cesenatico.

10 000 euros, le 2 décembre à Cesenatico.

2 500 euros le 31 décembre à Cesenatico.

10 000 euros le 7 janvier à Predappio.

12 000 euros le 26 janvier à Cesenatico.

Cet « argent de poche » lui avait permis de payer ses dealers et d'assumer la compagnie prohibitive d'Elena Korovina.

Ils s'étaient ensuite concentrés également sur ses appels téléphoniques, durant son séjour à La Résidence Le Rose.

Pantani avait téléphoné à Miradossa à quatorze heures vingt-trois le lundi 9 février, jour de son arrivée, et l'avait rappelé une minute plus tard.

Le premier appel avait duré 11 secondes, le deuxième 23 secondes.

Dans une étroite simultanéité, Miradossa était entré en contact avec Fabio Carlino et leur conversation n'avait pas excédé 80 secondes.

Toutes ces informations cimentaient la thèse désormais « officielle » d'un Pantani consommateur de cocaïne sans pour autant défricher les no man's land imprécis, mal défraîchis où le doute s'enracine comme du chiendent, avec cette cohorte de questions obsédantes, laissées pour mortes elles aussi : Pourquoi Pantani requiérait-il l'aide des carabiniers ? Par crainte de périr sous les mains d'un agresseur ?

Etait-il tombé dans un traquenard ? S'apprêtait-il à révéler un lourd secret ? S'agissait-il d'un simple « délire paranoïaque » ? D'un véritable appel au secours ? Subsidiairement : qu'est-ce qui l'avait conduit à prolonger son séjour à la Résidence, jour après jour, au-delà du 9 février ? Hébergeait-il une personne en cachette au point d'interdire l'accès de la mezzanine à la femme de ménage ?

Autre question, plus baroque et fantaisiste, je vous l'accorde, mais je la formule sans gêne, puisqu'il en va de sa mémoire : un homme en « pleine défonce » a-t-il encore le goût de commander un repas d'athlète, composé d'un jus d'orange et d'une omelette, comme une dernière ascèse avant la mort ? Enfin, s'il est vrai que Ciro Veneruso ne lui avait fourni que trente grammes de cocaïne le lundi 9, comment avait-on pu en retrouver en aussi grande quantité dans son estomac, sept fois la dose létale selon le médecin légiste ?

Considérant tous ces vides, j'en arrive à me demander si l'image du champion hagard et dépressif, à certains égards décadent, ne leur avait pas servi d'alibi pour boucler l'enquête dans les plus brefs délais, comme on recoud une plaie avant qu'elle ne s'infecte. Si les policiers n'avaient pas fait en sorte que cette affaire n'en devienne pas une. Pantani mort devenait un personnage compromettant dont la tragique destinée risquait d'instruire, par contumace, un tout autre procès.

Le procès des politiciens locaux.

Le procès de la mafia.

Le procès de cette « Riviera dello sballo » à laquelle Gengarelli avait fait brièvement allusion.

En prenant le parti d'une enquête plus fouillée, en excluant une par une toutes les pistes, n'auraient-ils pas pris le risque supérieur d'exposer aux yeux du monde une réalité confondante sur la prolifération des filières de la cocaïne et des réseaux de prostitution, sur ce tourisme à deux visages à la source même de la prospérité d'une Riviera qui n'a de scintillant que les rêves qu'elle propage ?

*

Décembre 2005
Un matin
Au domicile du médecin légiste, à Bologne.

Pour la seconde fois, en l'espace de dix mois, le docteur Fortuni me reçoit dans sa villa de la Via S.

à Bologne. Les déclarations de Tonina à la *Voce di Romagna*, étonnée que son fils ait pu détruire les meubles et desceller les appareils ménagers sans s'abîmer les mains, soulevaient certains détails méritant d'être éclaircis. Mais je ne suis pas seul. Une équipe de télévision est déjà sur place. Dans le salon, un opérateur déplace un coussin, un abat-jour, puis s'affaire autour de sa caméra en quête de la bonne focale pour l'interview qui va suivre et que la Rai diffusera le samedi 17 décembre dans l'émission « Dribbling » suivie par quatre millions de téléspectateurs. Si je viens revoir le docteur Fortuni, c'est parce qu'il fut le seul, parmi ceux qui eurent le dossier en charge, à pointer les faiblesses de l'enquête et la présence des deux emballages d'un fast-foot asiatique retrouvés sur le dessus d'une corbeille (« Preuve qu'on les avait jetés là en dernier », avait-il souligné). Depuis notre première entrevue, il a pris du recul et le temps d'analyser le « personnage Pantani » qu'il a découvert à travers diverses rétrospectives. « J'ai revu certaines de ses interventions, à l'improviste, à la télévision, c'était un homme sensible, intelligent, je ne vous cache pas que ça m'a surpris. Je ne l'imaginais pas comme ça quand je l'ai autopsié. » Il pressent l'objet de ma visite. Sent qu'il n'en a pas fini, et n'en finira jamais de s'expliquer sur le cas Pantani, c'est ce qu'il répète à la journaliste de la Rai qui lui oppose les remarques de Tonina. Fortuni relit les notes qu'il avait prises à chaud durant l'autopsie, et les parcourt devant moi :

— Ses mains n'étaient pas maculées, au contraire, plutôt soignées avec les ongles coupés court, comme manucurés, en tout cas, pas la moindre griffure, c'est vrai, ni excoriation, c'est vrai, rien de tel…

Cette remarque, loin d'être anodine, vient sans qu'il en ait conscience altérer – pour ne pas dire abolir – l'unité d'un Pantani « hirsute » et « puant la sueur » décrit par le basketteur Labaque et les deux jeunes garçons.

« … Sa barbe était fournie mais soignée, ses cheveux avaient repoussé sur la nuque d'un ou deux millimètres, rien que de très normal si l'on sait qu'un poil pousse d'un millimètre par jour après la mort », avait-il enchaîné. Le défunt présentait de bonnes conditions d'hygiène. Il s'était rasé le crâne, manucuré les ongles jusque dans les dernières heures de sa vie. Dans son désir de tout rationaliser, Fortuni m'avait livré à l'improviste une information inédite, peut-être capitale. « En même temps, tout cela m'apparaît très normal car rien n'était brisé dans sa chambre », m'a-t-il dit.

Les meubles de la salle de bains, arrachés du mur ? Le matelas éventré, vidé de sa laine dont il m'avait parlé lors de notre première entrevue ?

Fortuni fit son mea culpa. Quand il s'était rendu à la Résidence Le Rose le 15 février 2004, le corps ayant déjà été évacué, il n'avait pu procéder qu'à une reconnaissance partielle du périmètre du drame.

— Je l'avoue, je n'avais pas perçu les choses comme elles étaient, me dit-il.

Une seconde visite, plus approfondie, lui avait permis de réviser son jugement. Les chaises, les meubles avaient été renversés, les appareils ménagers déplacés, il y avait une poêle sous le lavabo et le matelas traînait sur le sol mais il était seulement tailladé d'un trait de cutter, et la télévision était en état de marche. Du désordre, certes, mais aucune destruction à part un manche à balai brisé en deux qui avait sûrement servi à soulever (« pour voir ce qu'il recelait ») le faux plafond, troué par un objet circulaire. Ils avaient comparé : le trou correspondait à la grosseur du manche à balai.

Enfin, le tube de l'appareil à air conditionné semblait avoir été démonté avec un tournevis. « Comme si quelqu'un avait cherché quelque chose », m'a-t-il dit, sans songer qu'il était peu probable que Pantani ait pu avoir un tournevis à sa portée et moins encore un escabeau pour accéder à l'appareil, fixé sur le mur, à plus de deux mètres de hauteur.

Plus j'avançais dans l'appréhension des choses plus je m'éloignais de ce Pantani paranoïaque. En renversant les meubles, c'est lui qu'on avait voulu briser. Pas de folie donc mais un désordre calculé, le théâtre agencé, pasolinien, d'une crise paroxystique. Une sordide mise en scène visant à le décrédibiliser, ce qui était d'autant plus facile qu'il n'était plus pour l'opinion qu'un être scandaleux, un déviant qui, par ses excès, avait mérité sa mort.

*

Pour « autopsier » l'autopsie, je suis allé consulter deux médecins légistes, deux sommités, l'un à Milan, l'autre à Paris. Tous deux s'accordent à penser que les 70 pages du rapport d'autopsie ont été rédigées dans les règles de l'art, selon les canons du genre.

En préambule Fortuni y notifiait qu'il n'avait trouvé « aucune trace d'injection et de piqûre sur le cadavre ».

Plus loin, en page 46, il avait récapitulé les résultats de ses analyses :

alcool dans le sang ? : négatif
cocaïne dans le nez ? : positif
cocaïne dans la bouche ? : positif
cocaïne dans l'estomac ? : positif

Il avait également retrouvé de la cocaïne à 75,3 % de pureté dans le foie, les reins et la bile sous forme de petites granules blanches et solides, ce qui signifie que Pantani n'avait pas inhalé la cocaïne mais l'avait bien ingérée par la bouche, puis digérée avant de succomber à une intoxication aiguë « cliniquement patente ». Selon l'un de mes consultants, il fallait se garder d'en tirer une quelconque conclusion. D'abord parce qu'une overdose relève tout autant de la quantité de cocaïne absorbée que de la tolérance du sujet. Pantani avait pu en abuser pendant des mois sans conséquence vitale et se retrouver en surdose pour quelques grammes de trop. Ensuite parce que les prises de médicaments à base de benzédrine, qui lui étaient prescrits, avaient pu démultiplier les effets de la drogue jusqu'à la rendre détonante.

Selon Fortuni, il n'y avait eu ni lutte, ni agression d'aucune sorte sinon cette violence ordinaire qu'un toxicomane s'impose à lui-même et cependant il avait relevé des signes de frottement sur l'épaule de Pantani, sur les lieux du drame, dans la nappe de sang, aux marges externes du cadavre, de petites rayures sur le sol laissant à penser qu'il avait rampé par terre. Fortuni avait également noté l'existence d'un léger traumatisme crânien que Pantani avait accusé « de son vivant », sans que ce traumatisme ait « pu causer la mort ».

Quant aux blessures faciales, Pantani s'était endommagé le nez dans sa chute mais il ne s'agissait que d'une blessure bénigne, qu'en termes techniques il décrivait comme une « petite tuméfaction avec infiltration hémorragique » compliquée d'une petite déviation « sans fracture ».

Pantani avait donc mangé de la cocaïne et bu de l'eau pour la déglutir puis il s'était mis à suffoquer, et s'était égratigné les jambes contre les coins métalliques du sommier. Ensuite ? Son corps s'était affaissé au pied du lit, dans un état d'endormissement progressif avant de sombrer dans le coma. « Il aurait alors suffi de le placer sous assistance respiratoire pour le sauver », m'avait fait remarquer l'un des experts.

Pour les enquêteurs, pour le juge, c'est ainsi que les choses se sont passées.

Fortuni était moins formel mais il continuait à nier l'existence des marques dont avait parlé Tonina. Dans son rapport, il parle de taches derrière le pavillon auriculaire gauche. Et passe d'autres éléments sous silence : un kleenex souillé extrait d'une corbeille de la salle de bains, un morceau de drap ensanglanté, les grumeaux de cocaïne, dont un de la grosseur d'une noix retrouvé près du corps.

Il ne mentionne pas davantage les petites blessures « pareilles à des brûlures de cigarette » visibles sur ses jambes.

Plus troublant : il se déclare incapable d'expliquer le double œdème cérébral et pulmonaire, à l'origine de la mort…

Fortuni avait par ailleurs négligé toute la part génétique de l'autopsie. Une recherche ADN sous les ongles et sur les ecchymoses de même qu'un examen rectal auraient pourtant permis de savoir 1) S'il avait été en contact physique avec un agresseur 2) S'il avait eu des rapports sexuels avant sa mort 3) Si quelqu'un lui avait administré de force un suppositoire.

Trois questions fondamentales, oubliées par mégarde dans la juste symbiose d'une instruction tendant à démontrer que Pantani s'était débattu contre son double, un autre soi-même, cocaïné et maléfique.

Qui aurait fini par avoir le dessus.

*

Pour Fortuni, comme pour Gengarelli, Pantani n'était plus qu'un être « résiduel » schizophrénique, ivre de solitude et tourmenté par son ombre, quand je persiste à voir deux Pantani très distincts. Le premier écrit sur les murs, renverse les meubles, arrache le câble d'antenne de la télévision pour le ficeler à l'un des montants de la mezzanine. Le second surveille son alimentation, se nourrit d'une omelette, d'un jus de fruits, prend soin de se raser, et avale ses médicaments à heures fixes selon les doses prescrites. D'un côté un homme diligent, raisonnable qui ne boit pas d'alcool, de l'autre un fou furieux hypothétique, cocaïné jusqu'à la garde, paranoïaque, privé de toute instance critique dont on sait qu'il n'a pas détruit sa chambre mais renversé les meubles, si tant est que ce soit lui. Plus j'avançais dans ma quête de vérité, plus les réalités s'enlisaient dans un marais touffu de témoignages contradictoires. Et moins je parvenais à me convaincre qu'ils aient pu cohabiter dans un destin commun.

Le patron du Rimini Key l'avait trouvé « chaleureux », « presque amical », la réceptionniste « doux et courtois » ou « triste » dans le parfait contretype du personnage « halluciné », en proie à des « manies de persécution » dont le policier Laghi s'était plu à caricaturer le portrait, en s'appuyant, prétendait-il, sur les allégations des employés de l'hôtel, ces mêmes employés qui ne l'avaient pas entendu dévaster sa chambre…

Plus surprenante encore était l'heure du décès.

La doctoresse Nicolini le situait entre quatorze heures et dix-sept heures. Le docteur Francesco Toni vers dix-neuf heures.

En page 66 du rapport, Fortuni le fait remonter entre onze heures trente et douze heures trente, ce qui signifie que Marco Pantani n'avait approximativement qu'une heure à vivre quand il avait réclamé l'aide des carabiniers.

Il était donc dans le coma quand le basketteur Ingles Nelson avait perçu des « bruits dans les plinthes » et Lucia des « bruits métalliques » dans sa chambre.

Et quand les premiers secours s'étaient penchés sur son cadavre le 14 février, à vingt et une heures. Sa Rolex indiquait seize heures cinquante.

Le mécanisme d'horlogerie était intact.

*

Quant à l'occasion je retourne dans la région de Bologne, je ne peux m'empêcher de faire un crochet par Cesenatico, avec l'impression de répondre à un appel, mais sans plus savoir ce que je vais y chercher. Je regarde les bateaux de pêche se morfondre dans les eaux grises du Porto Canale où leurs mâts qui oscillent sous la brise semblent battre la mesure du quotidien. Je traîne sous la pinède aux alentours de l'ancien kiosque à piadines où il me donnait jadis rendez-vous. Je me sens comme un somnambule, ballotté par le ressac du passé, que rien ne peut distraire de sa rêverie, pas même l'aboiement d'un chien ou le ronronnement d'un caboteur dans le lointain. Depuis le drame, je n'ai pas vu les saisons passer. Mais la tristesse de ce jour d'hiver du mois de février 2004, qui accompagnait son cortège funèbre, jusqu'au petit cimetière marin, en lisière de la ville, est là, toujours en moi.

A Cesenatico, le deuil a fait son œuvre.

La vie a repris son cours comme avant, et il ne reste rien ou presque de Pantani si ce n'est une statue anonyme en bronze, grandeur nature, Piazza Marconi (que le préfet de région n'a pas daigné inaugurer) ou ce tableau conservé dans les archives de la mairie que le dramaturge et prix Nobel Dario Fo lui avait consacré après sa victoire dans le Tour de France 1998. Pantani y est représenté en maillot jaune et son vélo sous la forme noire et mouvante d'un taureau indomptable monté sur deux roues. Sur le point d'être désarçonné, il se raccroche à l'aile d'un faucon qui l'entraîne vers le ciel. Inspirée du théâtre grec, la scène évoque les mésaventures d'Aristophane, un marathonien de l'Antiquité qui, sous l'effet d'une potion magique, se métamorphosait en aigle au coucher de soleil jusqu'au soir où des chasseurs le prirent pour cible. Je ne sais si Dario Fo avait pressenti, visualisé la chute de Pantani mais à travers cette allégorie, il semblait le mettre en garde contre les artifices du sport business, la dictature du « Je gagne donc je suis ». Autrement formulé : « Ou je gagne ou je ne suis rien ». L'avènement de Pantani avait, il est vrai, toutes les allures d'une fable. Et c'est cette fable que Cesenatico veut oublier parce que l'oubli est préférable à l'insoutenable question de savoir comment Pantani avait pu échapper aux mailles de la police locale et se livrer sans accrocs ni entraves, en toute impunité, pendant quatre ou cinq ans, à son coûteux penchant pour la cocaïne, sans être jamais repéré, surveillé, appréhendé. Ce qui n'est pas tout à fait vrai. Il s'était fait interpeller, une première fois, à Gatteo Mare, avec un revolver dans la boîte à gants de sa Mercedes. Une autre fois, semble-t-il, en août 1998, toujours en voiture et en possession de produits illicites alors qu'il se trouvait en compagnie d'un champion belge.

A chaque fois, les carabiniers l'avaient laissé filer.

Sa célébrité, sa fortune, estimée à cinquante milliards de vieilles lires, ne le plaçaient pas forcément à l'abri d'une filature ou d'une perquisition mais les carabiniers avaient, semble-t-il, renoncé à sanctionner le petit marché de la cocaïne, ces doses insignifiantes qui s'échangent sans risque dans les bars, les restaurants, les discothèques, les cercles privés de la côte Adriatique. « S'il fallait appeler la police chaque fois qu'on soupçonne quelqu'un de se droguer, on n'en finirait plus », avait raillé le juge.

On conçoit mieux dans ce contexte que personne n'ait songé à le défendre contre ses propres abus, ni les carabiniers, ni ses amis, proches ou lointains, si ce n'est cet homme, appelons-le M. par prudence. Commerçant à Riccione, à ma connaissance, il fut le seul à vouloir le protéger, le seul à se rendre chez les carabiniers, avec une photo compromettante, prise lors d'un dîner privé sur laquelle il était facile d'identifier l'un des dealers du champion, un type de petite taille, râblé, aux cheveux roux, coupés court, fier de poser à ses côtés. Sa démarche n'avait débouché sur aucune enquête subsidiaire. A l'inverse, M. reçut des menaces par téléphone d'un mystérieux correspondant, il pouvait l'entendre haleter dans l'appareil, ça se passait la nuit, des coups de fil anonymes de plus en plus fréquents, l'inquiétude qui grandit avant qu'une voix lointaine et rauque lui recommande la prudence sur un ton protecteur et menaçant. « T'as un fils, non ? Tu ne voudrais quand même pas qu'il ait de graves problèmes avec la cocaïne... » Il y avait eu d'autres nuits, d'autres coups de fil puis le ton s'était fait plus ferme, intimidant. Un an plus tard, ce cauchemar lui glaçait encore le sang. M. en éprouvait une frayeur rétrospective et s'en voulait d'avoir mis sa famille à découvert, de l'avoir plongée dans un climat d'insécurité latent pour avoir sous-estimé les forces obscures de la Riviera, le poids des ombres qui la parcourent. Et qui ne laissent pas d'empreinte.

*

En s'entêtant à le protéger des médias, et des curiosités malsaines, ses proches l'avaient maintenu dans sa cellule et leur sollicitude n'avait servi qu'à creuser le fossé qui le séparait de la réalité. Mais il n'était pas décédé dans l'indifférence générale, ni dans la solitude. Des relais, invisibles, s'étaient mis en place. Des gens avaient remué ciel et terre pour tenter de trouver un remède. Une solution. Le journaliste Sergio Neri avait noué des contacts étoits avec un ancien secrétaire du cardinal Mondini, le prêtre Don Pierino Gelmini, fondateur de la communauté d'Amelia, dans la région de Terni. Ensemble, ils avaient échafaudé un plan de survie dans une communauté en Bolivie où Pantani aurait pu se désintoxiquer loin des regards indiscrets en assumant un rôle d'éducateur auprès d'enfants déshérités. Malheureusement, il n'était déjà plus « retraçable », s'isolant chaque jour davantage, son téléphone sur messagerie, comme s'il cherchait à se diluer d'un monde qui le rendait nauséeux. Il ne communiquait désormais plus qu'avec un cercle restreint de gens nouveaux, extérieurs à son milieu ; parmi eux Elisa Amici, une jeune femme de vingt-huit ans, à la beauté délicate, fille d'un ancien coureur, rencontré au Tour d'Italie où elle œuvrait comme hôtesse pour une marque de café. Chaque matin, après avoir apposé sa signature sur la feuille de contrôle, il faisait un détour par son stand. Le soir, elle l'appelait à son hôtel pour le réconforter, et l'affection qu'elle lui prodiguait l'avait aidé à surmonter sa chute dans la descente enneigée du Sampeyre, à ce point emblématique de son déclin que toutes les télévisions la repasseront en boucle après sa mort. En pleine détresse, assis dans l'herbe haute d'un talus, la tête enfouie dans ses deux mains, une serviette blanche sur les épaules, dans la pose édifiante du boxeur qui vient de jeter l'éponge. Dans son état de fragilité psychologique et mentale, on aurait admis qu'il tire prétexte de l'incident pour abandonner mais il s'était relevé et avait poursuivi la course jusqu'à Milan. Dans les semaines qui suivirent, en dépit de son instabilité, il avait resserré son contact avec Elisa. Elle travaillait au sein d'une communauté religieuse de soutien aux toxicomanes, à Follonica en Toscane, où elle avait longtemps espéré l'accueillir.

C'est là que j'étais allé la voir, un soir pluvieux du mois de novembre 2005.

Elisa m'avait fait visiter l'institut, sa chapelle, son forum, ses ateliers. A la cafétéria, nous avions pris un thé dans une semi-obscurité qui épousait le ton confidentiel de la conversation. Elle était très émue à l'idée d'évoquer le Pantani qu'elle avait fréquenté « toujours poli et prévenant » mais aussi « plein de rancœur » et ne « sachant plus à qui se fier ». Elle m'en avait parlé par petites touches (« Il était sensible mais fragile, très fragile, et se sentait constamment jugé par les autres ») et je l'avais écoutée sans la brusquer. Bien qu'avide de comprendre la nature de leur relation, je sentais qu'il me fallait temporiser, la laisser venir sur ce terrain inviolé de l'intime, si précieux, d'où surgirait la face cachée de Pantani. Il y avait un tel angélisme dans cette jeune femme au visage oblong, à la Modigliani, aux cheveux longs, noirs et soyeux, remarquable par son absence de théâtralité, qu'il était difficile d'établir un lien entre cet être délicat, habité par la foi et les femmes-créatures qui s'attachaient à l'histoire sentimentale de Pantani : Cristina la cubiste, Korovina la pute de luxe...

— Ce que j'ai pu représenter pour lui ? C'est difficile à dire, avait-elle murmuré. Marco lui-même ne savait pas franchement, je veux dire fondamentalement qui il était.

Il lui téléphonait quatre ou cinq jours d'affilée puis disparaissait sans qu'elle lui en tienne rigueur, sachant que ses replis masquaient des périodes de souffrance et de rechute dans une forme d'autisme et de paralysie sociale. Elle le prenait comme il était.

— Nous avions des rapports épisodiques mais très forts parce que je lui disais toujours la vérité, m'a-t-elle dit. (Un temps de silence.) Je lui avais dit que j'avais rencontré Jésus et que depuis je me sentais beaucoup mieux. Ça l'avait beaucoup intrigué.

Il avait émis l'idée de venir se réfugier dans cette communauté, auprès d'elle parce qu'il aimait sa « pureté », c'est ce qu'il lui avait avoué un jour, sur le Giro, et s'il n'avait jamais sauté le pas, je sais maintenant qu'il s'interrogeait sur la foi et se surprenait, lui, l'agnostique, à s'incliner sur lui-même, à prier, comme s'il cherchait à travers une sorte de rédemption mystique à donner un nouveau sens à sa vie.

La veille de sa mort, poussée par un pressentiment, elle était partie à sa recherche, à Saturnia mais ne l'avait pas trouvé. Deux ans après sa disparition, elle l'imaginait dans une autre dimension, dans la peau d'un chasseur ou d'un pêcheur.

— Je sais que je le reverrai mais ailleurs et ce dont je suis sûre, c'est qu'il n'aura plus un dossard sur le dos avait-elle souri. Sans tristesse. Comme je le lui en fis la remarque, elle ajouta :

— Pourquoi le serais-je ? J'ai eu le temps de lui dire que je l'aimais et puis, je crois qu'il n'avait plus rien à faire dans notre monde.

*

Je sens très bien que j'ai maintenant atteint le terme d'une longue errance obsessionnelle et que ma propre enquête se décompose en boucles narratives, chaque témoignage semant, dans ses relents contradictoires, un trouble supplémentaire. Je crains aussi de n'avoir pas tout à fait réussi dans mon entreprise. Il manque des pièces, un meurtrier, un mobile, mais la vérité n'est pas forcément là où on la cherche, en un tout cohérent. J'ai néanmoins le sentiment d'avoir installé le doute sur la possibilité d'un homicide qui aurait puisé ses germes dans ce climat malsain de connivence qui scelle les rapports de pouvoir sur la Riviera dello sballo. L'anomalie, ce n'était pas Pantani, pas seulement lui, mais ce qui l'entourait. J'en reçus la confirmation en février 2007, lors des audiences du procès commun de Fabio Carlino et d'Elena Korovina où les parents de Marco Pantani avaient écouté stoïquement les témoins se contredire sous serment.

Ils avaient entendu l'inspecteur Daniele Laghi admettre que le désordre de la chambre D5 était « compatible avec un corps-à-corps » mais pour le reste, il ne se souvenait de rien.

Ils avaient entendu le concierge Pietro Buccellato confirmer l'existence d'une issue de sortie par le garage, directement accessible par l'ascenseur, ce qui aurait permis à n'importe qui de rejoindre Pantani dans sa chambre, sans alerter la réception.

Là où ils pouvaient s'attendre à une certaine compassion de sa part, Buccellato (qui avait le même avocat que Carlino, le principal accusé) s'était exprimé parfois avec un brin de cynisme. Pourquoi n'avait-il pas réagi plus tôt aux appels de Pantani ? « Son téléphone était toujours occupé, j'ai cru qu'il l'avait décroché, qu'il faisait le mort pour ne pas être dérangé. » Il avait ensuite avoué, avec culot, et trois ans de retard, avoir découvert le corps à 21 h 15 et non plus à 20 h 30, comme il l'avait précédemment déclaré, ce qui comblait opportunément les vides obscurs de l'instruction. Puis il avait livré un autre élément capital en révélant que la porte de la chambre D5 n'était pas complètement obstruée ! « Elle s'ouvrait légèrement, il y avait de l'espace pour passer, d'ailleurs, je suis entré facilement » avait-il admis, incidemment, avec un féroce aplomb, comme s'il y avait prescription. Pire : comme si tout cela n'avait jamais eu d'importance.

Pantani ne s'était donc pas barricadé dans sa névrose comme l'avait dit le juge Gengarelli, allégation que la jeune réceptionniste Lucia Dionigi, vingt-trois ans au moment des faits, avait également réfutée en confirmant que Pantani avait toujours été « dans les normes ». « D'ailleurs aucun client ne s'est jamais plaint de sa présence », avait-elle rappelé à la barre.

Trois ans après les faits, son cerveau avait occulté certains épisodes, notamment le coup de téléphone qu'elle lui avait passé de l'appartement voisin du sien. A la question de savoir pourquoi n'avait-elle pas appelé les carabiniers sur les instances de Pantani elle avait tressailli. La confusion de Pantani l'avait désorientée. « Je n'ai pas su comment me comporter mais lui-même n'était pas clair, il m'a dit, appelez les carabiniers mais il a dit aussi, sinon laissez tomber, c'est du pareil au même. »

A la barre, Tonina avait parlé d'un vanity-case retrouvé dans les appartements de son fils, et qui n'aurait pas dû se trouver là.

— Le juge Gengarelli m'a dit de le mettre de côté, et de ne pas y toucher, il enverrait quelqu'un le chercher, mais trois ans après, il y est encore…

Elle avait rapporté aussi cette chose impensable : parmi les effets personnels de son fils que la police lui avait restitués, figuraient trois blousons, or il n'en portait qu'un seul lorsqu'il avait pris sa chambre à la Résidence Le Rose.

*

Tonina avait tout tenté pour sauver son fils, et le protéger de ses penchants suicidaires. A Cesenatico, elle avait pratiqué avec un certain cran la politique de la terre brûlée, en envoyant des sms intimidants à ses dealers. Elle avait convoqué l'un d'eux devant le kiosque à piadines et là, en présence de ses employés, lui avait fait croire qu'elle possédait une vidéo accablante, prouvant ses activités de trafiquant. Dans sa repentance, l'homme avait avoué avoir livré 9 000 euros de cocaïne à Pantani et l'avait aidé en secret, à démasquer d'autres revendeurs. Après le drame, quand rien ne filtrait de l'instruction, elle avait fourni aux policiers des listes de numéros suspects, des noms de code relevés sur un portable de son fils et son obstination avait permis de recouper des faits, des dates très précieux mais sa démarche avait fini par irriter le juge.

— Que cherchez-vous au juste ? lui avait-il demandé.

— Qu'est-ce que je cherche ? Lui rendre seulement sa dignité.

Le juge avait haussé le ton.

— Votre fils ne l'a pas perdue. Il faut reconstituer ce qui s'est passé, on s'y attelle avec tout le soin voulu, après cela, madame, il faudra le laisser en paix…

Il lui avait fallu plus d'un an pour admettre que son fils était mort pour elle comme pour les autres, des mois d'insomnies, peuplés de rêves étranges. Comme dans une vieille légende napolitaine, Marco revenait s'asseoir la nuit, au bout de son lit, et lui touchait la main pour la rassurer.

Trois ans plus tard, elle se refuse toujours à admettre que le mal ait pu triompher du bien et reste persuadée que son fils a été assassiné. Par qui ? Elle ne sait pas. Mais elle soupçonne les hôteliers de n'avoir pas dit tout ce qu'ils savaient et continue à le défendre contre ceux qui attentent à sa mémoire. En décembre 2005, elle s'était révoltée, face à la diffusion sur Média 7, d'un extrait de la vidéo de la police. La commercialisation de ces images, d'une violence insoutenable, dévoilant le cadavre de son fils sur trois ou quatre photogrammes, dans le reflet inversé d'une porte vitrée, l'avait profondément choquée. « On spéculait sur son dos quand il était vivant, s'était-elle indignée, on continue maintenant qu'il est mort. » Depuis, elle poursuit sa propre enquête, sans relâche. A la Toussaint, elle est allée rôder en voiture autour de la Résidence Le Rose où un témoin croisé par hasard lui soutient que son fils n'est pas resté prostré dans sa chambre, comme on l'a prétendu. Il l'aurait aperçu dans une rue de

Ravenne à quelques pas de l'Académie des beaux-arts où Cristina avait repris ses études. Le père, lui, ne dit rien.

Quant à la sœur, Manola, elle a repris son commerce de lingerie fine à Cesenatico. Mais le deuil fut long et douloureux.

Pendant le drame, elle s'était surprise à fréquenter, après avoir appris qu'il se droguait, un toxicomane d'une quarantaine d'années, au crâne rasé, pour entrer en empathie avec son frère, avant que cet homme lui avoue, navré, qu'il n'aurait jamais qu'une priorité : la cocaïne. Elle aussi n'a rien oublié de la morgue, de la maigreur de ce frère tant aimé et de sa blanche carnation. (« C'était la première fois que je le voyais nu », m'a-t-elle dit dans un pâle sourire.) Il n'avait que la peau sur les os, en soulevant le drap, l'interne de service s'en était ému. « Regardez comme il est fin, c'est comme s'il devait courir demain… » Malgré sa barbe, elle l'avait trouvé gracieux, beau, comme apaisé. « Ça va peut-être vous paraître étrange, avait-elle ajouté, mais ça reste un bon souvenir. »

En revanche, elle se demandait encore pourquoi le médecin légiste n'avait jamais fait état des petites excroissances de sang noir qu'elle avait aperçues sous l'oreille gauche de son frère, au niveau de la veine jugulaire. « Je ne suis pas folle, ma mère, ma tante aussi les ont vues. Et pas eux ?… » me fit-elle remarquer, en se prenant à penser qu'une personne avait très bien pu s'introduire dans la chambre D5 par le balcon.

— La seule chose qui soit vraie dans toute cette histoire, c'est qu'il était déprimé.

Et parfaitement lucide sur sa situation.

Un jour qu'elle râlait d'avoir fait brûler des lasagnes, il l'avait réconfortée. « Elles sont cramées tes lasagnes, eh alors Sorella, je le suis plus encore. »

— J'avais beau lui apporter des tartes, lui faire à manger, je retrouvais tout dans le frigo, c'était un signe. Quand il était en crise, il ne mangeait pratiquement plus, il n'en avait ni la volonté, ni le goût....

Et c'est bien ce qui l'intrigue. Durant son séjour à la Résidence Le Rose, il avait consommé tous ses repas.

Pour le reste, elle n'a jamais lu le livre de Manuela Ronchi, récit apocryphe de la descente de son frère dans l'enfer de la cocaïne. Et ne le lira pas. Elle n'a pas davantage cherché à renouer contact avec Cristina dont elle savait seulement qu'elle avait cédé la Mercedes, que son frère lui avait offerte, à un concessionnaire de Cesenatico.

Après une exposition de peinture gestuelle, en octobre 2003, à la Galerie d'art Sumithra de Ravenne, exposition qui s'achevait par une sorte de happening avec quatre filles dansant sur des espaces cubiques, à l'intérieur d'une discothèque imaginaire (« Pour recréer les mécanismes du star-system, et les rêves qu'ils alimentent », disait la brochure), Cristina Jonsson s'était installée à Lausanne en Suisse et ce n'est qu'épisodiquement qu'elle revenait honorer un contrat dans une discothèque de Milano Maritima où elle était devenue une attraction locale, une sorte d'égérie sollicitée par les patrons de discothèques avides d'exhiber « l'ex-fiancée du Pirate ». Pour se défaire des calomnies qui couraient sur son compte, elle avait vendu l'exclusivité de ses mémoires à un hebdomadaire helvétique. Elle y évoquait l'onde de choc de Madonna di Campiglio, l'affliction du champion qui s'épanchait sur son épaule pendant que des centaines de journalistes campaient devant les grilles de leur villa, munis de téléobjectifs et d'écoutes longue distance. Et puis un jour, il avait commencé à sniffer de la cocaïne et elle s'était droguée par amour et pour ne pas le perdre. A l'en croire, Marco combattait, à travers son attachement quasi maniaque au cyclisme, une forme congénitale de dépression, un sentiment d'infériorité que sa réussite n'avait pas apaisé. « Chaque fois qu'il gagnait, il se sentait plus aimé, mieux accepté. » Après Madonna di Campiglio, elle l'avait vu s'assombrir et subir son métier. « La crainte des contrôles, des inspecteurs qui débarquent sans prévenir avait amplifié ses penchants paranoïaques. A la fin il ne faisait plus confiance à personne », avait-elle conclu.

*

Quand, à l'aube du 14 mai 2004, les inspecteurs de la brigade mobile de Rimini s'étaient présentés à son domicile pour l'embarquer à la questure, Elena Korovina avait repoussé le blouson qu'un brigadier lui tendait pour se couvrir le visage.

— Vous n'en voulez vraiment pas ? avait insisté le brigadier. Vous savez, ils sont tous là, ils vous attendent, tous les journalistes, les TV, les caméras…

Mais elle n'en avait cure des caméras, des journalistes, au contraire, elle semblait se réjouir de leur présence.

Après tout, qui sait si je ne deviendrai pas riche et célèbre en racontant mes nuits blanches avec Pantani, avait-elle minaudé sur un ton joyeux.

Alors, elle s'était avancée vers les flashes et s'était laissé complaisamment photographier, regard provocant, menottes au poignet, dans un élan narcissique digne d'une professionnelle de la nuit, habituée à capter l'attention, ainsi elle aurait sa place dans les journaux, un début de notoriété.

Devant le juge chargé de l'enquête préliminaire, elle ne cherchera pas davantage à se rendre sympathique ni à renvoyer l'image d'une femme amoureuse. Du portrait qu'elle fit de Pantani, il ressortait qu'il était « agréable mais triste et souvent pris de mélancolie ». Lassée de ses sautes d'humeur et de ses crises de paranoïa, autant que des sms incendiaires de Tonina, elle avait préféré interrompre leur relation. « C'était devenu fatigant. Il n'arrêtait pas de me parler de son ex : "Il mio unico amore..." qu'il disait, une véritable obsession... »

Pendant ses trois semaines à la maison d'arrêt de Pesaro elle s'était plongée dans la lecture du *Rouge et le noir* de Stendhal sans paraître affectée par son incarcération. Quand son avocat était arrivé à la prison pour un premier interrogatoire, il s'était entendu répondre qu'elle n'était pas prête : « La signora se repose », avait expliqué le planton. Un autre jour alors qu'elle renouait avec la couture, et des gestes appris pendant ses études de styliste, elle fit cette remarque à une autre détenue : « Plutôt que de me lancer dans la mode, je pourrais commencer par signer des bandanas, non ? Qu'est-ce que t'en penses ? »

Marco Pantani était à Verbania, chez sa manager, le 26 janvier, quand ils s'étaient parlé pour la dernière fois au téléphone.

Il lui avait promis de la rappeler mais ne l'avait pas fait.

Au journaliste qui s'étonnait de la voir si peu affectée par sa disparition, elle avait répliqué d'un ton sec. « C'est parce qu'au fond ça ne m'a pas vraiment surprise, j'étais sûre qu'il finirait comme ça. »

*

Tonina n'avait croisé que deux fois Elena Korovina.

Deux fois de trop.

Une première, à Sala di Cesenatico, dans sa propre maison.

Ça l'avait tellement remuée d'être présentée à cette fille avide et sans pudeur qui se faisait payer pour accompagner son fils, qu'elle n'avait pu s'empêcher de l'insulter et de se jeter sur elle dans l'intention de la molester. La seconde fois, Elena était restée à l'intérieur de sa voiture, phares braqués sur la grille d'entrée de leur villa. Tonina était sortie sur le perron et l'avait accusée de dealer de la cocaïne pour Marco, sans émouvoir la jeune femme qui l'avait rembarrée sur un même ton plein de fureur. « Je n'ai jamais donné de drogue à votre fils, seulement mon corps ! » avait-elle rétorqué avant d'extirper un préservatif de la poche de son imperméable qu'elle exhiba sous son nez. « Après tout, c'est pas ma faute si votre fils est un drogué, un puttaniere ! »

*

A Rimini, les fidèles qui se rendent devant le 46 du Viale Regina Elena sont déroutés. La Résidence Le Rose n'existe plus. Un an après le drame, elle a été entièrement détruite puis reconstruite sur le squelette ancien pour laisser place au Rose Suite Hotel, une élégante bâtisse toute blanche d'inspiration néocoloniale comme on en voit dans les quartiers résidentiels de Miami. « Il faut les comprendre, m'avait dit le juge, compatissant à l'égard des propriétaires, cette histoire, vous savez, leur a causé un très grave préjudice. »

Quand la police avait fait retirer les scellés sur les portes de l'habitation D5, l'hôtel avait croulé sous les demandes d'un tourisme morbide, de clients désireux de passer la nuit dans la chambre du drame. Ce temps-là, au moins, est révolu mais c'est en substituant des lieux à d'autres lieux qu'on finit par perdre la trace d'un homme dont le nom (jadis badigeonné en lettres blanches par ses tifosi, sur le parcours du Giro) s'efface aussi, paraît-il, sur la route en lacet du Mortirolo, lessivé par les pluies et par le temps qui corrode tout sur son passage.

Il faut s'y faire, Pantani n'est déjà plus qu'un souvenir.

Une luciole dans notre imaginaire.

Une légende qui reviendra par intervalles me tourmenter.

*

Dans le petit cimetière communal de Cesenatico sa sépulture a désormais rejoint le nouveau caveau familial près de la petite chapelle en brique rouge, qui se dresse au fond de l'allée centrale dans la sobre perspective d'une rangée de cyprès. Le caveau, qui a la forme allégorique d'une montagne, est orné de roches extraites du Mortirolo, de l'Aprica et d'autres cols mythiques sur lesquels le « Pirate » avait bâti sa renommée. Des hordes de touristes s'y pressent chaque week-end, des gens de tous âges, venus de toutes parts communier dans le culte d'un champion plus accessible dans la mort qu'il ne l'était de son vivant.

Pour contenir l'affluence, le gardien s'était longtemps résolu à flécher le trajet qui mène à la sépulture comme on flèche une étape du Tour de France. Il s'en voulait un peu. « Dans la mort, en principe nous sommes tous égaux, m'avait-il fait remarquer, mais à voir tous ces gens qui viennent de très loin pour défiler devant sa tombe, je me dis que Pantani a dû être un sacré personnage. »

*

Post-Scriptum

Quand il était jeune, Marco disparaissait parfois, sans donner d'explication, pour s'en aller braconner dans les étangs hérissés de roseaux géants. C'était un enfant solitaire et sauvage, épris de silence et de liberté. Par grand soleil, quand il faisait trop chaud, il errait sur la plage en se faufilant parmi les estivantes à moitié nues qui se faisaient bronzer dans l'ombre des vélums. Quelquefois, il errait sur le Porto Canale, près du marché au poisson. L'enfant en savait long sur les poissons de l'Adriatique qu'il était capable d'identifier au tout premier coup d'œil. Avec d'autres enfants de son âge, ils parlaient de l'avenir et de tous ces richards, ces gens friqués, qu'il croisait dans leurs grosses voitures, des berlines joliment carrossées, immatriculées à Milan, Venise ou Bologne, un jour promis juré, il serait comme eux, il aurait une famille, une voiture, un jour il partirait en vacances et ce ne serait plus lui qui regarderait les femmes mais les femmes qui le convoiteraient.

Je ne sais plus qui m'a montré cette photo, datant de cette époque, mais elle est restée gravée dans ma mémoire.

Il a quinze ou seize ans.

Debout sur une plage – ou un rocher ? – il observe une jeune fille blonde qui nage à contre-jour dans le miroitement surexposé de la mer étincelante et bleutée. Dans son regard, on devine qu'il aimerait la rejoindre et se baigner auprès d'elle. Je n'ai jamais su qui était cette jeune fille, sans doute l'une de ces jeunes vacancières originaires du nord de l'Europe qui venaient l'été peupler les plages de l'Adriatique. En regardant d'un peu plus près, elle ressemblait à Cristina, sa fiancée danoise, même blondeur, même regard mutin, de complicité ravie, avec quelque chose d'impudique dans l'attitude.

Cristina qui était restée jusqu'au bout la femme de sa vie, alors qui sait s'il n'avait pas rejoint avec elle ce qui transparaissait déjà dans cette photo, le secret espoir de faire un jour partie du rêve ?

Achevé d'imprimer sur les presses de

BUSSIÈRE

GROUPE CPI

à Saint-Amand-Montrond (Cher)
pour le compte des Éditions Grasset
en octobre 2007

Mise en pages : Bussière

N° d'édition : 15014. — N° d'impression : 71363-072591/4
Dépôt légal : octobre 2007.

Imprimé en France